KB084230

반갑게 얼굴 마주하니
독자님의 소중한 이름과
제 세계를 이토록 함께
기억하며 그 날 그 자리를
간직하겠습니다. 그때까지,

13mm의 거리

강성욱 산문집

글멋

내가 눈을 감는 순간

세상의 발걸음도 멈춘다

자기만의 시선을 갖춰
세상을 바라보기를

들어가는 길

오랜만에 집중력이 기꺼운 방향으로 돌아가는 듯해 한참 동안 모니터를 바라보며 흰색을 채워나가고 있었습니다. 글을 쓸 때 소리 내서 읽는 습관이 있다 보니 가끔 손가락에 휴식을 줄 때마다 완성한 글을 읽다 보면 목이 마르고 갈라집니다. 고개를 돌리지 않아도 11시 방향에 투명 플라스틱 컵이 놓여 있음을 알고 있습니다. 거리 또한 팔 뻗은 거리보다 짧으니 그저 힘의 방향만 잠깐 바꾸면 됩니다.

손가락을 휘젓고 손바닥을 휘저어도 컵이 손에 들

어오지 않습니다. 결국, 붙잡아둔 눈에 힘을 빼고 고개를 돌리게 만듭니다. 항상 자기 자리에 서서 저를 쳐다보던 녀석이 오늘은 넘어져 있습니다. 자고 있는지 울고 있는지 저한테 서운한 게 있는지 불러도 눈길 하나 주지를 않는군요.

모니터 쪽으로 집중하던 몸의 나머지 부위에도 힘을 빼 온전히 컵 쪽으로 돌아앉아 조용히 바라봅니다. 선물 받은 향초는 분명 선반 가장 위 칸에 있었는데, 번지점프라도 했던 걸까요 컵 옆에서 같이 뒹굴고 있습니다. 서랍 안에 넣어뒀던 립밤은 왜 방바닥에 누워 저를 올려다보고 있는지. 휴대전화가 어디 갔나 했더니 침대 위에 올라가 있습니다. 제 이불도 뺏어서 덮고 있군요. 며칠 전에 잃어버린 펜이 컴퓨터 스피커 밑에 숨어 있었습니다.

눈이 조금 흐릿한 것 같아 안경을 벗어 안경렌즈를 자세히 살펴봅니다. 손댄 적이 없는 안경렌즈에 먼지와 손 기름 얼룩이 한가득합니다. 글을 쓰면서 눈이 피곤할 때마다 안경으로 손을 가져갔나 보네요. 안경 닦는 천으로 깨끗하게 닦아내니 이제야 눈앞이 명쾌하게 보입니다. 조금 더 또렷해진 눈으로 등 돌리고 있는 컵을 집어 올립니다.

며칠 전까지 보이지 않던 금 여럿이 컵 표면에 세로로 길게 그어져 있습니다. 어쩌다 상처가 났는지 도통 기억에 없습니다. 이래서 저를 외면했던 것인지도 모르겠습니다. 제대로 봐주지 못해 여태껏 발견하지 못했나 봅니다.

미안한 마음에 눈물이 핑 돌아 다시 안경을 벗습니다. 천천히 눈물을 닦아내고 안경을 쓰려는 순간 잠시 멈춥니다. 조금 전에 확인한 장소에 있던 녀석들이 전부 어디론가 가버리고 없습니다. 손안에 든 컵의 칭얼거림만이 여실히 느껴집니다.

황급히 안경을 씁니다. 시야가 돌아오며 세상에 다시 불이 들어옵니다. 향초는 선반 가장 위에, 립밤은 서랍 안에, 휴대전화는 책상 위에, 펜은 펜꽂이 안에 들어가 있습니다. 매끈한 컵 표면의 감촉이 손가락 끝에 맴돌고 있습니다.

눈을 똑바로 떠야겠습니다. 안경렌즈를 깨끗하게 닦아야 하겠습니다. 안경 콧대를 꾹 눌러 흘러내리는 안경을 제자리에 고정해야겠습니다. 만반의 준비를 하고 내가 걷는 세상 속을 바라보았습니다.

차례

두 손 가득 채우는 너는,

마음 채운 너는

노란 우체통 속 빨간 소식

그럴 때가 됐어

주소불명

발을 멈춘 달팽이 편지

작별의 품격

노란 우체통 속 빨간 소식

카카오톡의 빨간 알림 숫자가 100이 넘어가도록
안 보는 사람의 심리는 무엇일까
나는 하나하나가 너무 두근대고 기분이 좋은데

노란 네모에 빨간 촛불이 켜지면 세상 속을 표류하던 쪽배는 잠시 항해를 멈추고 전서구가 가져다준 빨간 불의 목소리에 귀를 기울입니다. 전서구의 날갯짓은 너무나 거대하고 힘이 넘쳐 발목에 매단 쪽지는 하늘을 향해 날리는 순간 상대에게 도착하는 듯합니다. 끝과 끝이 보이지 않는 망망대해 속 높고 낮은 파도에 길을 잃은 세상 모든 항해사가 여전히 서로에게 인사를 건넬 수 있는 것은 이 때문일 테죠.

제각각 자기 자리를 고수하는 어둔 밤하늘 별은 더 이상 할 일이 없습니다. 별을 바라보며 속삭였던 기원이 피어올라 별빛 머금고 주인공을 향해 날아가던 시절, 우리는 분명 두근거림을 느꼈고 희망과 기대를 품어 그림자 속에서 풍기는 슬픔과 좌절을 내리누르곤 했었습니다. 사랑 가득한 소식을 싣고 돌아올 저 하늘 너머의 별빛에 귀 기울이는 시간은 무엇보다 달콤하고 소중한 시간이었음을 여전히 우리는 기억합니다.

투박한 회색 쇳덩어리를 붙잡고 지저분한 유리창 너머를 바라보며 수화기 건너편 목소리에 귀 기울였던 시간 속의 열몇 살 어린아이가 저 앞에 서 있습니다. 몇 자리 숫자가 울린 진동에 반가워 헐레벌떡 뛰어갔음이 명백한 것은 이마 위로 흐르는 땀방울이 말해줍니다. 잘그락거리는 주머니 속에서 소중하게 챙겨온 동전을 하나 꺼내 기계에 집어넣고 나머지는 그 위에 조심스레 쌓아둡니다. 달칵하는 소리와 함께 가슴은 뛰기 시작하고, 바닥을 찧는 발끝은 더러워져 가고, 쌓아둔 동전은 점점 자취를 감추는 전화 상자 불빛 아래 아이는 해가 밝아옴과 동시에 시간 속에 굳어 버립니다.

기다림은 사라진 지 오래입니다. 그저 외면과 엿봄이 남았을 뿐입니다. 외면과 엿봄은 다시 기만으로 이어집니다. 상대에게 띄운 노란 번호 하나 사소한 그 숫자 하나에도 우리는 주도권을 다투며 의심과 기만의

악취를 여기저기 풍겨대고 있죠. 시간의 경계를 허물어 공간의 제약을 부숴버린 그 순간부터 서로의 눈을 피하려는 감시와 속임수는 교묘해졌습니다. 부정할 수 없는 사실이 철저하게 굳건한 지지를 바탕으로 서로를 옥죄고 있음을 의심할 수 없는 사실은 그리하여 쓰디쓴 자조만큼이나 더욱더 씁니다.

그럼에도 불구하고 지금 이 순간 웃음 짓는 내 모습은 기약 없는 힘겨운 기다림에서 마침내 탄생합니다. 내가 띄운 빨간 불빛에 상응하는 대답이 멀고 먼 바다를 건너 즉각 눈앞에 떠오르지 않더라도, 언젠가 내 눈앞에 밝혀질 그 불빛을 기다리는 인내의 시간은 마음을 가득 채웠던 씁쓸함을 한껏 씻겨내 주기에 의심의 순간은 곧 증발해 자취를 감춥니다. 기만이 사라진 자리를 차고 들어오는 웃음은 그리하여 직사각형 쇳덩어리에 온기를 흐르게 하니 상대방의 얼굴은 아지랑이 피어오르듯 사각 화면 위로 떠 오르게 됩니다.

달그락 소리와 함께 색을 잃고 굳어진 전화 상자에도 다시 불이 들어옵니다.

그럴 때가 됐어

누군가의 카카오톡에는 수백 명이 있다
수천 명이 있다는 사람도 들어봤다
전부 안부 연락은 하는 사람일까
내 카카오톡을 보니 스무 명이 채 되지 않는다

각종 알림 스티커가 여기저기 붙은 투명 유리문을 열고 한 걸음 들어섭니다. 나를 이곳에서 해방시켜 달라는 애처로운 손짓을 애써 외면하고 서늘한 냉장 코너로 걸어갑니다. 오늘의 목표는 여느 날과 다름없이 돌돌 말려진 김밥 한 줄. 몇 개 남지 않은 김밥 군중에서 혼자 슬그머니 떨어져 있는 친구를 붙잡습니다.

가장 먼저 소비기한을 확인하고 조리법으로 눈을 옮깁니다. 익히 알고 있는 사실이지만 다시 한번 확인합니다. 혹시라도 무언가 바뀐 게 있을까 하는 기대는 늘 외면당하기는 하지만. 700W에 40초 1000W에 30초

문구는 변함없이 자리를 지킵니다. 추천에 맞춰 전자레인지에 돌리면 다소 뜨거운 결과물을 내놓습니다. 편의점 김밥은 너무 뜨겁게 데우면 되려 맛이 없음을 수차례 경험한 바 있습니다. 너무 차갑지 않으면서 너무 뜨겁지 않은 그 미묘한 적당함은 성취하기엔 다소 어렵지만 추구할 가치가 충분합니다. 20초에서 30초 사이에 전자레인지를 멈추고 김밥을 꺼냅니다. 적당히 차갑고 적당히 따뜻합니다. 바로 김밥을 먹을 정확한 때입니다.

'다 때가 있어.' 이 말만큼 지긋지긋하면서도 떼어놓을 수 없는 말이 있을까. 노는 것은 대학 가서 하고 일단 공부하라는 말에 십 대 시절을 어영부영 보냈습니다. 혹은 버렸다고 할 수 있으려나. 공부의 성과와는 상관없이 말입니다. 한껏 방황하고 놀고 싶었던 대학 초년생 시절은 군대 이후의 삶을 준비하기 위한 일종의 시한부 판정을 받은 시간이었고, 군 복무 시절 가장 많이 주변을 맴돈 말은 전역 후 시간을 준비하라는 조언이었습니다. 한국에서 모든 시간은 무언가를 위해 미리 준비해야만 하는 때였습니다. 미국 생활을 경험하고 돌아오니 그 점은 더욱 눈에 거슬렸습니다. 특정 나이에는 정해진 것을 해야만 하는 암묵적이지만 동의한 적 없는 합의와 관념과 이념은 한국 사회에 담근 몸을 더욱더 무겁게 만드는 수압이자 기압이었습니다.

단 한 방울의 검은 잉크가 한 컵의 투명한 물을 흐릴 수 있음은 자명한 사실입니다. 양의 문제라기보다는 농도의 문제일까. 상황을 뒤집어 한 방울의 투명한 물은 한 컵의 검정물에 섞은들 투명하게 만들 수 없습니다. 미국에서 귀국한 지도 이미 연수로 두 자릿수 이상이 지난 지라 한국 문화의 농도에 마냥 저항할 수는 없습니다. 꽤나 많이 물들었고 때로 스스로를 반추하며 어느샌가 자라난 보수적이고 고집스러운 담벼락을 마주하게 되면 쓴 커피 한 잔을 입에 가져갑니다.

그런데도 어쩔 수 없음에 마냥 포기하고 한숨만 내쉬는 것이 아님을 또한 고백하겠습니다. 세상은 멈추지 않은 채 요동치는 파도를 만들어 내고 있고 나 또한 그 흐름을 타고 끊임없이 변하는 눈앞의 풍경에서 깨달음을 청합니다. 최근 마음 한구석에 뿌리내린 씨앗 또한 깨달음의 연장선에 있습니다.

요컨대 친구를 포함한 인간관계의 생명은 어떻게 피어나 어떻게 빛을 잃게 되는가에 대한 문제가 있습니다. 관계의 농도에 상관없이 기간의 오래됨으로 생명을 이어가는 인간관계 혹은 친구관계는 그전까지 나를 둘러싼 낡은 문화이자 믿음이자 겁에 질린 몸짓이었음을 마침내 인식하고 인정하고 받아들입니다. 한창 나 자신의 세상을 조형할 미숙한 시절에 몸에 걸친 이것을 오래 놓지 못했음을 인정합니다. 겁이 났었고 아쉬웠고 결과에 책임지고 싶지 않아 그랬었음을 또한 솔직하게 읊조립니다.

그럴 때가 된 것입니다. 이미 빛을 잃은 과거의 영광이자 나 자신을 밝혀주었던 별을 손에서 놓을 때가 된 것입니다. 마지막 인정으로 어느 한쪽의 잘못이라 책임을 부과하는 행동은 하지 않으려 합니다. 그저 그럴 때가 된 것입니다.

어느 저녁, 한창 대화가 오가는 모임에서 문득 질문을 던졌습니다. 더 이상 연락하지 않는 사람도 과연 연락처를 유지하는지. 다수의 대답은 공통된 질문의 형태로 되돌아왔습니다. '굳이 지울 이유가 있을까요?' 질문을 가슴에 품고 집으로 돌아와 나라는 사람의 방법은 무엇이 되어야 할까 한참을 고민하던 끝에 그들의 질문에 '있다'라는 대답을 던지는 것으로 결정을 내렸습니다.

오래 친했던 인연의 불이 꺼진 전화번호를 지우고 카카오톡에서 지우고 대화 내역을 지우고 SNS의 팔로우를 취소하고, 나를 찾지 못하도록 차단까지 설정하고 나서 들고 있던 휴대전화를 책상 위에 내려놓았습니다.

그럴 때가 됐고, 그럴 때입니다.

주소불명

관계의 단절이 허망할만큼 쉽다라는 사실
편지봉투에 정성스레 써진 주소는
더 이상 의미가 없다는 사실

노란 애플리케이션을 열어 그리 많지 않은 이름을 위아래 손가락으로 훑어내립니다. 삼분의 일 즈음에 잠시 정지. 마지막으로 나눴던 대화의 마침을 기억 저편에서 꺼내며 대화하기로 넘어갑니다. 글자에 남아있는 당시의 분위기가 희미해진 만큼 시간을 두고 그때로 되돌아가, 충분히 예열된 손가락을 움직여 자음과 모음을 조합하기 시작합니다.

"잘 지내시죠? 몸은 좀 어때요?"

특별한 일 없으면 술이나 한잔하자는, 바로 용건을

꺼내던 질문은 어느새 건강을 항상 먼저 언급하는 안부 질문으로 바뀌었음을 느끼며 고정되어버린 상투어구로 대화를 요청합니다. 이어지는 답변에 따라 '얼굴 까먹겠네. 한 번 봐야 하는 것 아닌가아' 같은 아저씨가 되어버린 징그러운 동생의 투정을 선사할 시점이 결정되겠죠. 그리고 늘 같은 방식으로 흘러가는 대화의 향방은 당사자 쌍방 모두 익히 알고 있는 결과를 향해 치달을 뿐이니, 오랜만의 대화에 그저 기쁘거나, 또다시 다음을 기약하거나.

멈춘 듯한 혹은 정신없이 흘러가는 시간 위에 조용한 놀람으로 맺히는 한 알의 연락은 그렇게 결과를 목적하기보다는 목적 자체에 충실해지려는 일방의 작은 유희일지도 모릅니다. 던져놓으면 이후의 답변은 상대방의 몫이 되니 돌아올 대답을 예측하는 것은 토요일 저녁의 복권 당첨여부 다음으로 감정을 휘젓는 사건이 됩니다. 때로는 과한 기대에 정비례하는 실망으로 한 편의 단편 소설의 막을 내리기도 합니다.

"오빠는 진짜 친한 동네 오빠로, 심심할 때 편하게 바로 만나서 술도 한잔하고 놀이터에서 수다도 떨 수 있는 그런 사람이라 좋았던거야."

처음이자 마지막 고백, 어쩌면 만들어진 세상 속 그들이 가진 허구의 관계를 꿈꿨던 나에게 잊지 못할 고백을 던진 그녀. 내가 보낸 기대와 정반대로 맞부딪히는 기대를 품었던 그녀. 나만이 남은 이 동네를 떠나 서울의 한 지역에 일자리를 잡은 그 친구는 머지않아 자신의 사회에 섞여 끊임없이 바뀌는 파고에 배를 띄운 긴 항해를 시작했습니다. 이후 또 다른 배를 모는 이를 만나 새로운 삶을 시작하며 이곳과의 인연을 일단락 짓게 되었음을 돌아오는 바람에 실어 알려왔던 그녀. 그곳의 바다가 늘 평온하기를 기원하는 마지막 연락을 띄워 보냈습니다.

방 정리를 하다 책상 서랍 깊숙한 곳에서 의문의 작은 상자를 찾은 적이 있습니다. 평소의 나라면 구입하지도 보관하지도 않을 상자가 품었던 것은 군 복무 시절 받은 여러 친우들의 편지였습니다. 돌아올 답에 두근대는 마음으로 그들의 글씨체와 체온을 기대하며 써 내려갔던 손가락 끝의 즐거움이 고스란히 떠오릅니다. 수량으로 보아하니 개중 몇몇과는 둘 이상의 편지를 주고받았던 것이 틀림없습니다. 그때 침상에 엎드려 편지를 쓰고 있던 빡빡머리 군인 아저씨에게 부러움의 눈길을 보냅니다.

덩그러니 남은 편지봉투를 들어 천천히 하나씩 이름을 읊조렸습니다. 두세 명을 제외하고 난 나머지에게 이제는 잊힌 이름이 되었음을 덤덤히 통보하고, 이름과 주소가 보이지 않도록 적당한 뒤처리를 끝낸 후 새 생명으로 다시 태어나게끔 재활용 상자에 넣고 나니 상자는 텅 비었습니다. 괜찮지만 또한 괜찮지 않은 것 같아 일부러 괜찮다고 다독이는 마음을 붙잡고 소셜 미디어 속 거짓의 세계로 도망갑니다. 매일의 일상만을 담아 편지를 주고 받을 친구를 구한다는 게시글이 눈에 들어옵니다. 행여나 잊어버릴까 저장을 해두고 계속해서 망설이고 있습니다.

잊힌 것들은 떠나가라, 마땅히 떠나보냅니다. 들려올 소식이 없으니 들려줄 소식 또한 딱히 닿을 길이 없겠습니다. 어제와 오늘이 다르고, 작년의 겨울이 올해의 겨울보다 더 추웠다면, 내년을 얼릴 겨울바람에 내 소식 미리 채워둡니다.

발을 멈춘 달팽이 편지

보낼 수 없는 편지를 마음에 품고 사는 것이 쉽지만은 않은 일이다. 첨단기술이 이렇게나 발전한 현재, 수신자를 찾는 것이 불가능에 가깝다는 사실은 때로 받아들이기 힘들기도 하다

"Snail mail." 흥미로운 표현입니다. 발송 속도에 있어 이메일과 대조되는 전통 방식의 우편을 가리키는 단어입니다. 달팽이(snail)가 기어가듯 느리게 간다는 의미라고 하네요. 전국의 독립서점에 입고 작업을 위해 책을 보내면서 경험한 것은 우리나라는 일반 우편이나 소포도 꽤 빨리 간다는 것입니다. 도서산간지역을 제외하면 하루에서 이틀 사이에 도착하더군요. 물론 보내는 즉시 도착하는 이메일에 비하면 엄청나게 느린 것 맞습니다. 더욱이 우리나라보다 훨씬 더 큰 미국의 지리학적 크기를 생각하면 달팽이라고 이름 붙인 이유가 체감됩니다.

우편이 됐든 이메일이 됐든 전제조건은 수신인이 특정돼야 한다는 점입니다. 하다못해 스팸메일도 어쨌든 받는 사람 주소가 있듯이 말이죠. 이제는 이메일도 필요 없이 손쉽게 카카오톡으로 안부 인사를 건네는 세상이 됐지만 한편으로 연락이 끊겨 어떤 수단으로든 소식을 주고받을 수 없는 사람도 시간의 흐름 속에 꽤 생겨났습니다. 그러니 우리 달팽이도 발을 멈출 수밖에요. 그중 가장 그리운 친구 두 명을 떠올려 봅니다.

진성이와 지훈이에게

중학교 마지막 학년을 돌아보니 내 시간을 함께 채워준 것은 너희 두 사람과 함께 한 모든 순간인 것 같다. 어떤 친구와는 삼 년 동안 두 번 이상 같은 반을 하기도 하지만 너희 두 명과는 중학교 삼학년 때 처음이자 마지막으로 같은 반에서 생활했더라.

돌이켜보면 무던하지 않은 내 성격에 싫은 소리 없이 참 잘 맞춰준 너희 둘이었어. 사실 십 대 시절의 기억은 색이 많이 바래다보니 이제는 떠오르는 장면이 거의 없다고 해도 과언이 아니지만, 너희와 보냈던 시간은 여러 사진으로 짧은 영상으로 색을 잃지 않은 채 그리운 추억으로 남아 있어.

쉬는 시간마다 잡담을 나누고 체육 시간에 운동도 같이 하고 물론 점심도 같이 먹었어. 오래전에 서비스를 종료한 온라인 게임도 같이 했었고. 아침부터 오후까지 같이 있는 것도 부족해 저녁에는 온라인으로 계속 만나서 놀았다니. 가끔 학교가 끝나면 지훈이 집에 같이 가서 밥도 얻어먹곤 했었잖아.

신기한 건 이렇게 친하게 어울렸으면서 따로 만나서 놀았던 적은 많이 없는 것 같아. 내 기억을 더듬어 보면 말이야. 그런 거 있잖아. 밥을 먹을 수도 있는 거고 쇼핑을 하러 갈 수도 있는 거고 뭐 목욕탕에 같이 갈 수도 있는 거고. 아니면 그냥 이곳저곳 돌아다닐 수도 있는 건데. 하다못해 PC방에도 같이 간 적이 없는 것 같아. (학교 끝나고 노래방에 같이 갔던 장면이 이 글을 쓰는 지금 불현듯 떠올랐어. 즐거운 일이야.)

졸업여행 겸 졸업사진 찍으러 학교에서 놀이공원에 갔었잖아. 그때 우리 셋은 놀이 기구에 흥미가 없어서 여기저기 돌아다니다가 작은 놀이터 같은 곳에 앉아 종일 시간만 때웠던 것 기억나니. 너네 없었으면 아마 지루해서 집으로 도망쳤을지도 몰라.

우리 졸업식 날은 기억할까 모르겠어. 그날 심각하

게 눈이 많이 왔었잖아. 당시 겨울방학 때 난 이미 서울 다른 지역으로 이사를 갔어. 그래서 졸업식 때 어머니가 오시려고 했지만 폭설 때문에 차가 많이 막혀서 졸업식 끝날 때까지 못 오셨거든. 얼마나 우울하던지. 그래서 나 졸업앨범 말고는 졸업사진이 한 장도 없어.

이렇게 끝인가 하고 멍하니 있던 날 너희 둘이 챙겨줬어. 지훈이 집에 가서 놀자고. 덕분에 지훈이 집에서 밥도 얻어먹었지. 특히 우리가 나눴던 고등학교 그리고 그 이후 진로에 대한 이야기도 아직 선명하게 기억이 나. 난 계획대로 풀리지 않았지만 너희는 어떻게 됐는지 궁금하다.

졸업식 날이 우리가 마주한 마지막 날이었어. 난 이사 간 지역의 고등학교에 배정이 돼서 그쪽에서 다녔고 너희는 각자 지원한 고등학교를 다녔을 거야. 휴대전화가 있는데도 왜 서로 연락을 안 했을까. 변명을 하자면 새로운 지역에서 고등학교를 다니는 것에 적응을 잘 못했던 것 같아. 고등학교 삼 년을 떠올리면 행복하지 않거든. 주변 사람에게 신경을 쓰기가 무척이나 힘들었던 것 같아. 게다가 멀어봐야 서울 여기서 저기로 한 시간이면 이동할 수 있는데 그때는 뭐가 그리 멀게 느껴졌는지. 지금은 인천에 살지만 서울 어디든 잘만 다니는데 말이야. 늦었지만 당장 너희를 만날 수 있다면 미안하다는 말을 건네고 싶다.

혹은 그냥 마음 편하게 옛날이야기를 나누면서 너희가 그리웠다는 말을 꼭 건네고 싶어 페이스북부터 인스타그램까지 SNS를 사용할 때마다 너희를 찾아봤어. 다른 중학교 동창은 곧잘 찾았는데 너희는 도대체 찾을 수가 없더라. SNS은 전혀 안 하는 건지. 싸이월드가 다시 서비스를 시작한다는 뉴스에 계속 기다리다 내 계정을 복구하자마자 너희 계정을 확인했지만 아쉽게도 복구하지 않았고. 수차례 싸이월드에 들어가다가 이제는 나도 들어가지 않아. 사진첩을 뒤져봐도 너희 사진이 없어서 더욱 접속할 이유를 못 찾겠더라.

어떤 날은 혼자 술을 마시며 글을 쓰다가 불쑥 '이 녀석들 죽었나' 하는 생각도 한 적이 있어. 하면 안 될 생각인데 술기운에 한 생각이니 이해해 주길 바란다. 그 순간에는 그만큼 너희들이 보고 싶었나 봐. 어떻게 너희를 찾을 수 있을지 모르겠다.

서른 중반이 됐을 때 이제는 정말 운에 맡겨야 된다는 것을 깨닫고 나니 아쉬운 마음은 다소 덜어낼 수 있었지만, 두 번째 책을 출판하면서 더 이상 과거에 얽

매이지 말자는 굳은 다짐을 했지만, 내 과거 속에 머물고 있는 너희 둘과의 시간은 여전히 그립고 다시금 찾고 싶은 마음이야. 2024년에는 대운이 들어와 우연이라도 너희를 마주할 수 있기를 다시 한번 소망한다.

보고 싶구나 친구야.

작별의 품격

**첫 인상이 중요한 만큼
작별하는 순간의 올바른 인사도
너무나 중요하다는 것을 알지 못했다**

안타까운 일이지만 사진을 버려야 할 때가 있습니다. 버려야 하는 의무감보다는 버리고 싶은 것입니다. 안타깝지만 그런 감정이 들 때가 있습니다. 애초에 적은 수량인데 무엇을 더 버리려는 건지 스스로에게 의문이 들 때도 있습니다. 지난 인연과의 사진도 있었고 지금보다 더 어렸을 적에 찍었던 각종 증명사진도 있었습니다. 가지고 있는다고 해서 크게 불편한 일은 없습니다. 자리를 많이 차지하는 것이 아니니 적당한 곳에 담아두면 되지만, 그저 가지고 있고 싶지 않았습니다. 서랍 어딘가에 들어있다는 사실을 기억하고 싶지 않아서이기도 했습니다.

고인의 물건을 보내는 것처럼 태워야 하나 싶었지만, 마땅히 불을 놓을 곳이 아파트에 있을 리 만무합니다. 그냥 쓰레기통에 버리자니 왠지 사진의 주인공에게 못된 짓을 하는 것 같았습니다. 나 또한 그중 하나이므로 나를 쓰레기통에 버리는 것과 마찬가지로 느껴지기도 했습니다. 아파트 화단에 묻는 것도 규칙상 허락되는 종류의 행위가 아닙니다. 여러모로 골치 아픈 일이었습니다.

결국, 쓰레기통에 버리는 것으로 결정했습니다. 다만 그냥 버리는 것은 오래 마음에 걸릴 듯해서 가위로 잘게 잘랐습니다. 가위를 들고 하나씩 꼼꼼하게 자르기 시작하자 차라리 그냥 버릴까 하는 고약한 마음의 팔랑거림이 느껴졌습니다. 이 날카로운 도구를 셀 수 없이 움직이며 얼굴을 잘라내는 것은 정말 그 얼굴에 상처를 내는 것 같은 기분이 들었기 때문입니다. 세절기가 있었다면 더욱더 가벼운 죄책감으로 빠르게 끝냈을 일이 이렇게 마음을 불편하게 할 줄이야. 엔진 타는 냄새가 토요일마다 퍼져 나갔던 군 복무 시절의 세절기가 새삼 그리웠습니다.

누군지 알아볼 수 없을 만큼 잘게 자른 사진 조각을 손안에 모았습니다. 누군지 알 수 없지만, 수북이 쌓인 조각의 틈 속, 나를 바라보는 두 눈은 분명 거기에 있었습니다. 그 눈을 마주할 수 없어 잠시 눈을 감았습니다. 사진 조각을 전부 쓰레기통에 버리고 뚜껑을 단단히 닫고 나서도, 그로부터 몇 주가 흘렀음에도 상당한 죄책감이 지속되고 있음을 느낍니다.

순간의 충동이 무서운 것은 겪어봐야 압니다. 당시의 내가 어떤 감정을 느꼈는지, 어떤 생각이 머릿속을 가득 채웠는지 지금은 도통 알 길이 없습니다. 귀찮고 쓸데없이 시간이 소요되는 작업을 관두지 않고 끝까지 이어나갔습니다. 모든 사진을 잘라서 버렸습니다. 이제는 다시 보고 싶어도 방법이 없습니다. 쌓인 시간만큼 품고 있던 감촉과 기억과 감정을 더는 느낄 수 없습니다. 그 순간 나를 지배했던 잠깐의 감정에 굴복해 제대로 된 인사 없이 소중한 일부를 버리게 됐습니다.

기억의 유한함이 야속할 때가 많습니다. 나이의 문제로 치부하기에는 아직 젊으니 나만의 특성이겠습니다. 학창 시절은 고사하고 이십 대의 태반이 희미해져 기억을 떠올리려 해도 마땅하게 수면 위로 떠오르는 장면이 없습니다.

탄생이 소중한 만큼 이별도 중요한 것을 알지 못해

깊은 사유 없이 끊어내고 떠나보낸 모든 것들이 기억에 남아 있지 않습니다. 마지막 인사를 제대로 하지 못했습니다.

눈을 떴을 때, 돌아보았지

완벽히 멈춘 시간

아이스 커피를 만들려다

해바라기의 여행

겨울의 입술, 겨울의 몸

13mm의 거리

완벽히 멈춘 시간

아무것도 하지 않아도 되는구나
깨달은 어느 토요일 아침
시간이 멈춘 듯한 공간 속을 유영했던
어느 날의 토요일

아직 잠들어 있는 어둠 속 조용한 읊조림 한 방울에 아차 하는 마음과 안도하는 마음을 안고 눈을 뜹니다. 오늘은 토요일입니다. 약간의 흥분이 담긴 급한 발걸음으로 누군가를 만나기 위해 오전부터 눈을 뜬 것이라면 조금은 더 기분 좋은 토요일이겠다는 마음을 어슴푸레 밝아진 방 천장에 풀어놓습니다.

피곤에 넋이 나간 어젯밤의 내가 매정하게 내팽개친 휴대전화에서 저마다 다른 목소리가 운율을 만들어 내고 있습니다. 정확히 십분마다 찾아오는 이들의 울림이 평일보다 덜 차가운 느낌이 들어 잠시 눈을 감고 무료 공연을 즐깁니다. 십분이 일곱 번 돌아올 때 마지막 무대를 장식하는 것은 「백학」. 러시아 노랫말이 내려앉아 일 분 동안 조용히 울음을 흘리고 퇴장합니다.

벌써 희미해져 가는 지난밤 꿈속에서 바빴던 주인처럼 이 네모난 기계 덩어리도 밤새 바빴던 모양입니다. 잔뜩 쌓여있는 영어 과외 요청서를 하나씩 띄우며 천천히 그들의 사정을 들여다봅니다. 짧은 답변 속에 그들이 살아온 흔적과 앞서 기다리고 있는 시간이 눈에 들어옵니다. 개중 연이 닿는 몇몇 덕분에 밥벌이라도 하니 언감생심 허튼소리는 소리를 죽여 목구멍 깊게 삼키지만, 영어를 배우지 않아도 전혀 문제없을 세상은 에덴동산만큼이나 닿기 어려운 것일까. 영어에 상처받은 이들을 위한 위로와 괜한 툴툴거림은 큰 한숨으로 흘려보내고 남은 알림창을 누릅니다.

매달 내 품에서 도망가는 5,600원, 8,600원, 그리고 12,100원에게 작별 인사를 또한 건넵니다. 하나 걸러 하나씩 문 앞에 두고 간다는 택배 문자는 부끄러움과 자괴감이 진해지기 전에 삭제 버튼을 강하게 누릅니다. 행여나 누가 보진 않았을까 조심스럽게 눈을 돌리니 먼지 몇 톨 내려앉은 침대 밑 푸쉬업바(push-up bar)와 문 틀에 달아둔 풀업바(pull-up bar)가 저를 쳐다보고 있습니다.

여전히 사지는 푹신한 이불 속에서 꿈틀거리고 있습니다. 육신을 붓 삼아 온갖 종류의 추상화를 그리다 보면 더할 나위 없이 완벽한 구도를 본능의 영역에서 느끼게 되는 순간이 찾아오고, 그때야말로 침대 이불에 녹아내리는 황홀함을 느낄 수 있게 됩니다. 따뜻한 커피보다 음악이 더 필요한 순간이기도 하죠. 재생목록 1, 2, 3... 그 누구도 알 수 없을 특별한 구성은 평범한 이름에서 더욱 빛을 발합니다. 오늘 같은 날은 재생목록 7이 제격입니다. 매일 아침 거울 속 자아와 옥신각신하며 다급한 나를 달래주는, 진한 커피 향 황홀한 재생목록 7을 눌러 귀 옆에 바투 놔둡니다.

다시 잘 생각은 없어 안경을 쓴 채로 눈을 감습니다. 벌써 눈꺼풀 위를 비추는 창밖 햇살이 느껴지는 시간입니다. 여전히 사지는 최적의 위치를 고수한 채 미동 없이 이불 속 따뜻함을 한껏 빨아들이고 있습니다. 프랑스어, 러시아어, 일본어, 영어. 머리맡을 울리는 운율은 전 세계를 여행 중입니다. 안경을 벗으면 일등석에 앉아 훨씬 더 편안한 여행을 즐기는 것처럼 될 수 있을까. 안경으로 향하려 움찔거리는 팔을 애써 제자리에 눌러 두고 대신 익숙한 리듬에 휘파람을 얹습니다.

토요일은 흘러갑니다. 토요일은 이렇게 멈춰있습니

다. 내가 누운 곳이 일등석이고 전 세계의 소리가 내 방을 가득 채우고 있습니다. 미동 없이 이완된 온몸에서 온기가 흘러나옵니다. 모두가 침묵을 사랑하고 있습니다. 모든 것이 완벽히 멈춰 선 오늘은 토요일입니다.

아이스 커피를 만들려다

투명한 물에 드립커피를 부었을 때
빠르게 색이 변해가던 그 순간이
가시처럼 눈에 밟히던 그 순간

손을 넣어도 될 만큼 큰 컵에 얼음을 가득 채웁니다. 두꺼운 육면체의 얼음이 만들어 내는 딱딱한 빈틈은 참을 수 없이 고통스러워 채우지 않고서는 버틸 도리가 없습니다. 이때를 위해 보다 더 납작하게 얇게 얼려둔 얼음을 선택합니다.

얼음 통을 살며시 비틀어 주기만 해도 얼음은 쉽게 빠져나옵니다. 집게를 잡아 하나씩 얼음을 집습니다. 힘을 세게 주면 오히려 미끄러지니 손에 힘을 빼야 합니다. 얼음을 컵에 담으며 조금씩 채워지는 공간을 가늠합니다. 원통형의 컵에 납작한 직육면체의 얼음이 절대 완벽하게 맞춰질 수 없음은 놀랍지도 어색하지도 않습니다.

얇은 얼음에 뜨거운 물을 붓는 순간 모든 것은 허무하게 사라지게 됩니다. 두꺼운 각얼음의 단단함을 외면했기 때문입니다. 실온에 있던 맑은 물을 부어도 다소 녹아내리는 얼음의 일부는 다시 물과 하나가 되어 투명한 컵을 채웁니다. 채우지 못함이 아쉬워 탄식했던 시간을 생각하며 가득 채우다 마지막 몇 방울이 함께할 자리를 남기고 멈춥니다.

한 컵 가득 채운 투명한 물의 존재가치는 오로지 몇 방울의 커피에서만 찾을 수 있습니다. 한 방울 떨어진 커피가 물을 타고 컵 전체 영역으로 퍼져 나가는 것이 그 명제를 뒷받침하는 증거가 됩니다. 진하게 피어오르는 한 줄기 씁쓸한 색은 얼음과 얼음을 둘러싼 맑음을 물들이며 마침내 물을 담은 세상까지 동화시킵니다. 유일하게 살아남은 곳은 하늘과 맞닿아 제 색을 보존한 컵의 짧은 윗부분에 불과합니다.

변해버린 색이 서글퍼 가득 차 있던 물을 싱크대에 버립니다. 적절하게 부유하던 얼음덩어리마저도 떨궈냅니다. 싱크대 바닥에서 조금씩 녹아가는 얼음은 여전히 투명하지만 물은 온데간데없습니다.

다시 채운 컵에 또다시 커피 한 방울을 떨어트리면 여지없이 물은 커피에 녹아들어 제 색을 잃습니다. 한 방울이 떨어지는 순간 시작되는 변화를 막을 수 없음이 시리도록 날카롭습니다.

결국 남는 것은 비워낸 컵뿐.

해바라기의 여행

벽에 걸어둔, 퍼즐로 맞춘
고흐의 해바라기 그림
액자의 먼지를 닦아내면서

노란색이 만발한 꽃밭을 떠올립니다. 이곳의 주인공은 단연코 해바라기입니다. 목이 꺾이는 순간까지 태양만을 바라보는 해바라기가 바라는 것은 무엇일까. 태양이 내리는 넓고 따뜻한 빛이야말로 해바라기가 가지지 못한 것. 숨을 다하는 그 순간까지 바라고 또 바라는 것일 테니.

태곳적 깨달음을 얻은 선각자여, 감히 그대에게 묻습니다. 당신에게 인간 세상은 어떤 의미였을지 답을 얻을 수 없는 질문을 던집니다. 온갖 부족함 투성이의 인간을 바라보며 그들은 무엇을 느꼈길래 진흙탕 가시밭

길 위 맨발의 걸음을 마다하지 않았는지. 그들이 얻은 깨달음의 마지막 조각은 오로지 모자라기만 한 보통의 인간을 채워주는 삶의 작은 향기였음을 느낍니다.

그렇기에 나는 해바라기입니다. 벽에 액자로 걸어둔 해바라기 퍼즐을 바라보며 나를 찾습니다. 내가 가지지 못한, 그토록 절실하게 갈망하는 내 안의 빈 공간을 칠해줄 이를 찾아 해바라기처럼 순진하기 짝이 없는 올곧은 얼굴을 듭니다. 단 한 가지의 색이라도 좋습니다. 그 색이 모든 빛을 훔쳐버리는 지독하게 검은색이어도 좋습니다. 조금의 티끌에도 손해를 보는 완벽한 흰색이어도 좋습니다. 내가 채울 수 없는 저 빈자리는 분명히 저곳에서 오랫동안 나를 괴롭히고 있습니다.

사랑의 첫 발걸음을 내디딘 순간 이래로, 마음속 깊숙이 자리 잡은 끈질긴 구덩이를 메우려는 여행은 계속되고 있습니다. 여러 형태로 찾아온 사랑을 매 순간 그 안에 집어넣는 숭고한 행위의 연속입니다. 나무를 심었고 물을 채웠으며 돌과 흙을 잔뜩 부어 산을 만들어 보기도 했고 끈끈한 초록빛 잡초로 채워 보기도 했습니다. 언뜻 보니 끝까지 차올라 있습니다. 나름대로, 할 수 있는 만큼 구멍을 메운 것 같아 보입니다. 그러나 안도의 한숨과 함께 잠시 멈춰 섰던 여정이 다시 시작되는 순간 구덩이 속 모든 것은 뒤따라온 파도에 휩쓸려 온데간데없습니다.

나는 전지한 선각자도 아니요 전능한 존재도 아니지만 내가 가지지 못한 무언가 모자란 부분을 항상 갈구하는 해바라기로소이다. 해바라기가 떠나는 끝없는 여행의 운명이 기구한 것은 또 다른 해바라기가 품고 있는 간절함과 모자람에 그리 쉽게도 눈이 멀어버린다는 점입니다. 태양을 좇는 눈이 멀어버린 해바라기에게, 따라서 남는 것은 눈앞에 있는 이가 풍기는 애절하고 위험한 향기를 움켜쥘 절망 가득한 용기와, 좌절 이후 찾아올 원망, 그리고 슬픔을 예상할 수 있는 한 줌 지식뿐일 텝니다.

애써 외면했던 용기의 대가로 찾아온 절망 안에 목이 꺾인 채로 잠겨 있습니다. 나와 너를 향한 원망과 슬픔에서 맛볼 수 있는 익숙함에 고개를 들 힘조차 잃고 다시 한번 절규합니다. 길을 잃었던 여정에 한 줄기 햇빛이 내려왔고, 그 따스함에 홀린 듯 방향을 잡아 길어지길 바랐던 여행은 짧은 폭풍 속을 헤매다 결국 다시 길을 잃었습니다.

저 멀리 작은 불빛에 달려드는 나방이 보입니다. 내

게 달려드는 나방을 쳐냅니다.

내가 찾는 태양이 보이지 않습니다.

겨울의 입술, 겨울의 몸

존재의 소중함을 대표하는 대상은
공기에서 립밤과 바디로션으로
바뀌어야 한다

흔히 우리는 사계절을 영위하며 산다고 합니다. 말인즉슨 사계절이 한 해에 걸쳐 펼쳐지고 그중 겨울은 주로 12월부터 이듬해 2월까지가 됩니다. 여러 기후변화 문제 때문에 과거만큼 빈틈없이 정확하다고 말하기 어려운 시대에 살고 있습니다. 한편으로 겨울이 시작됐음을 알려주는 것이 꼭 달력에 박힌 12라는 숫자만 있는 것은 아닙니다.

대기 속 수분이 점차 사라지고 기온이 내려가면서 시원했던 바람이 점차 피부를 할퀴는 듯 사나워지면 가장 먼저 징조를 보이는 것은 입술입니다. 처음에는 겨울밤 베란다에 말려둔 귤껍질처럼 바싹 마르기 시작합니다. 여기서 관리를 제대로 하지 않는다면 일은 더 심각해집니다. 마치 입에 나무껍질을 물고 있는 것처럼 퍼석하게 입술이 다 갈라지기 때문이죠. 메말라가는 입술을 탐하는 혓바닥의 은근한 놀림에 깜짝 놀랄 때 겨울이 왔음을 느낍니다.

안온한 방 침대에 누워 쉴 때도 차이점을 느낍니다. 깨끗하게 샤워를 하고 편안한 옷으로 갈아입은 후 침대에 누워 있으면 부러울 게 없는 사람이 되곤 합니다만 갑작스레 등과 팔과 다리가 간지러울 때가 있습니다. 방금 샤워를 하고 나왔는데 말이죠. 등에는 눈이 닿을 수 없으니 방금 긁은 팔과 다리를 자세히 살펴보면 느낄 새도 없이 건조해졌음을 알 수 있습니다. 립밤 바르는 것을 깜빡한 하루 끝에 매달린 입술과 다르지 않게 퍽퍽하니 수분기가 하나도 없습니다. 아침, 저녁으로 바디로션을 발라야 하고 틈틈이 립밤을 바르는 것이 귀찮을 때 역시 겨울이 왔음을 느낍니다.

기후 변화의 여파를 작년 말에 유독 더 체감한 것 같습니다. 12월이 됐음에도 어안이 벙벙할 만큼 날씨가 춥지 않아서, 춥지 않은 정도가 아니라 늦가을처럼 더워서, 립밤은 서랍 어딘가에 유폐를 해 둔 채 그 사실을 잊고 있었고 바디로션 또한 눈에 보이는 곳에 있지 만 손도 대지 않았었죠. 그러다 갑작스레 비도 왔고요. 그러다가 갑자기 추워졌다가 눈이 왔다가 종잡을 수 없었습니다. 결국 세밑이 돼서야 찾아온 한파에 잔뜩 몸을 웅크리고 다니다 새해를 맞았네요. 종잡을 수 없는 날씨가 의아해 일기예보를 쭉 찾아봤습니다. 평균을 내보니 기온차의 폭이 그리 크지 않았습니다. 고작 몇 도였죠. 그 작은 차이에 내 몸이 이리도 큰 자극을 받는지 잠시 헛웃음을 내뱉었습니다. 동시에 관심과 무관심의 수혜자이자 피해자로 겨우내 살아가는 바디로션과 립밤이 애처롭게 느껴지기도 했습니다.

더 큰 문제는 이렇게 겨울이 끝나면 다시 겨울이 오기까지 세 번의 계절이 지나가는 동안 저들은 철저하게 기억에서 지워진다는 점이죠. 그 사이에 유통기한이라도 지나면 버림받게 되고 크기까지 작은 립밤은 잃어버리기 일쑤여서 겨울만 되면 새로 사는 것 같습니다. 확실히 기억나는 것은 바디로션과 립밤은 단 한 번도 끝까지 다 써 본 적이 없다는 것입니다. 그나마 지금 쓰는 바디로션은 바닥이 어설프게나마 보일 정도로 사용하긴 했지만요.

겨울에 찾아오는 피부의 건조함은 사소할 수 있지

만 절대 사소하지 않은 문제입니다. 동시에 겨울에만 찾아오는 유별난 문제이기도 합니다. 한편 바디로션과 립밤만 있어도 즉시 해결되는, 문제라고 말하기도 애매한 현상에 속합니다. 삼 개월 동안 제 역할을 다한 녀석들은 이어지는 구 개월 동안 무관심 속에 잊히거나 버려집니다.

입술이 갈라지기 시작한 날, 방 안 어디에서도 작년에 썼던 립밤이 보이지 않아 새로 하나를 산 날, 며칠 후 생일 선물로 또 하나의 립밤을 받은 날이 지나고 나니 책상 위에는 두 개의 립밤이 놓여 있습니다. 올겨울이 끝나고 다음 겨울이 왔을 때 어떤 녀석이 남아 있을까요. 혹은 둘 다 잃어버리고 또 새로 구매하게 될까요. 왜인지 모르게 립밤과 바디로션을 바라보며 지나간 인연의 얼굴을 떠올리는 얼굴이 유리창에 비치는 겨울밤입니다.

13mm의 거리

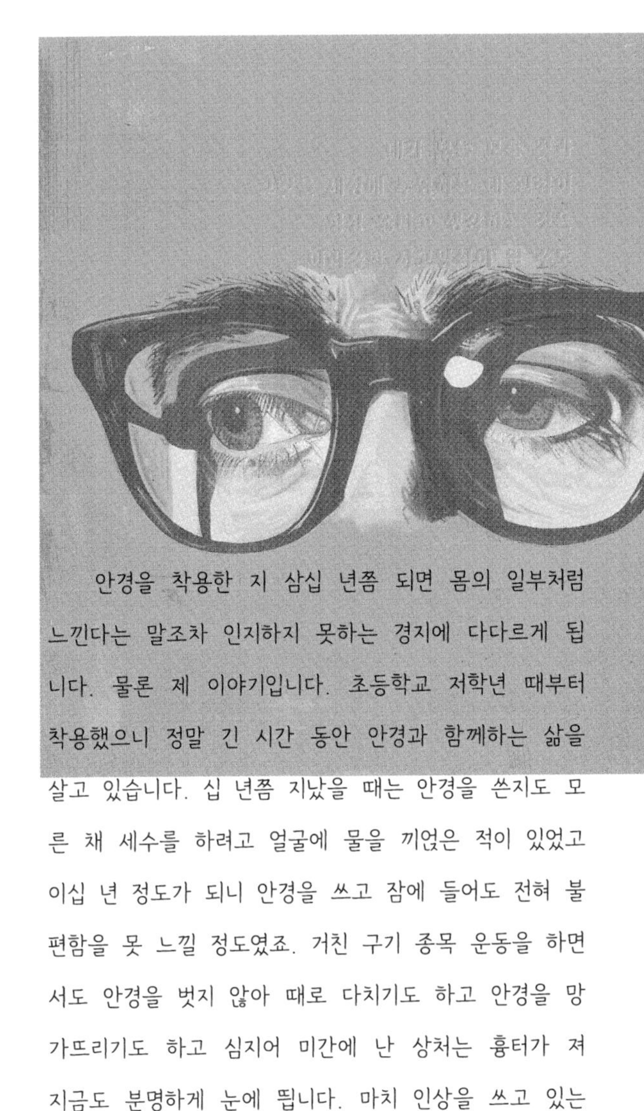

안경을 착용한 지 삼십 년쯤 되면 몸의 일부처럼 느낀다는 말조차 인지하지 못하는 경지에 다다르게 됩니다. 물론 제 이야기입니다. 초등학교 저학년 때부터 착용했으니 정말 긴 시간 동안 안경과 함께하는 삶을 살고 있습니다. 십 년쯤 지났을 때는 안경을 쓴지도 모른 채 세수를 하려고 얼굴에 물을 끼얹은 적이 있었고 이십 년 정도가 되니 안경을 쓰고 잠에 들어도 전혀 불편함을 못 느낄 정도였죠. 거친 구기 종목 운동을 하면서도 안경을 벗지 않아 때로 다치기도 하고 안경을 망가뜨리기도 하고 심지어 미간에 난 상처는 흉터가 져 지금도 분명하게 눈에 띕니다. 마치 인상을 쓰고 있는 것처럼 흉터가 자리 잡아 고민이 이만저만이 아닙니다.

시력 교정 수술까지 진지하게 생각을 뻗어본 적은 없지만 렌즈 착용은 몇 번 시도해 본 적이 있더랬습니다. 하드 렌즈는 잠시 제외하고 소프트 렌즈만 생각해 보면 서너 번 정도 되는 듯하군요. 성격상 조심조심하면서 렌즈를 착용하고 집에 돌아오면 깨끗이 세척해 보관용 통에 넣는 행동과는 영 거리가 먼지라 렌즈에 정을 붙이는 게 참 힘들었습니다. 손끝이 야물지 못해 눈에 자극이 가지 않게 빼는 것도 힘들고 렌즈에 상처가 입지 않도록 세척하는 것도 여간 귀찮고 어려운 점이 아닐 수 없었습니다. 렌즈를 착용하면 아주 조금이라고 해도 눈 한가운데 머무르는 이물감과 건조함 또한 신경 일부를 강탈해 계속해서 저를 괴롭힙니다.

여기까지가 좀 더 기술적인 문제라고 한다면 다른 면에서 렌즈 착용을 피하게 만드는 지점이 있습니다. 더욱더 심리적인 문제라고 할까요. 원인은 지극히 자연스러운 물리법칙에 해당하지만, 결과에 작용하는 것은 철저히 제 기분에서 기인한 것이라고, 풀어 설명하자면 그렇습니다.

안경을 평생 착용하고 살아온 사람에게는 안경 너

머로 보이는 세상이 원래의 세상인 것으로 느껴집니다. 색부터 질감 그리고 크기까지 전부 안경이 빚어낸 모습이면서 동시에 내가 인식하는 세상이 됩니다. 다만 그 사이에는 약 13mm의 거리가 존재한다는 것을 의식하지 못하기 일쑤입니다. 안경을 벗는 것은 씻을 때와 잠을 잘 때 빼고는 흔한 일이 아니기 때문이기도 하죠. 안경을 쓰지 않고 맨눈으로 생활해도 사물을 인식하고 구별하는 데 큰 어려움이 없는 경우는 제외입니다

이때 렌즈를 착용하면 발생하는 일은 사뭇 흥미롭습니다. 13mm의 짧은 거리가 사라지고 얇은 렌즈가 검은자위 위를 덮으면 순식간에 이 세상은 몸집을 키우게 됩니다. 사실 이편이 실제 크기에 해당하지만 평생을 안경과 함께 살아온 사람에게 렌즈가 허락하는 풍경이란 상당히 어색하고 충격적이기까지 하죠. 안경과 동일한 도수로 맞춘 렌즈를 착용할 테고 그렇기 때문에 크기를 제외하고 바뀌는 점은 없음에도 불구하고 참 낯선 모습이 눈앞에 펼쳐집니다.

모든 사물의 크기가 원래 크기로 커져서 보이는 것에 별다른 감흥을 못 느낄 수도 있습니다. 전적으로 개인의 심리적인 기제에서 비롯된 문제이니까요. 내 손이 이렇게 컸나 싶기도 하고 문득 고개를 돌리니 매일

두들기는 컴퓨터 자판 위 개별 키조차 유별스럽게 커 보입니다. 솔직한 고백을 늘어놓자면 큰 머리와 얼굴이 렌즈를 착용한 채로 거울을 보면 저를 더 우울하게 만듭니다.

한편으로는 참 우습습니다. 고작 1cm에 불과한 거리 때문에 냉탕과 온탕을 오가는 감정 변화를 느끼게 되는지, 고작 이 짧은 거리 때문에 짧은 순간에 불과하지만 자신감 혹은 자존감이 흔들려야 하는지. 그동안 겪은 세월이 만만치는 않은 덕분에 곧잘 스스로를 다독이고 신발을 챙겨 신으면서도 렌즈를 착용한 날의 해 밝은 오전은 울퉁불퉁한 기분으로 시작하게 됩니다.

겨울에 마스크를 착용해도 눈앞이 뿌옇게 흐려지는 일은 절대 벌어지지 않습니다. 마스크 끈이 걸린다던가 땀을 많이 흘릴 때 코를 따라 흘러내린다던가 하는 일도 없습니다. 게다가 원래 세상의 풍경을 되찾을 수 있습니다. 콧받침이 닫는 곳이나 안경다리가 지르밟는 구레나룻 부분에 자국이 남지도 않으니 이쯤 되면 안경을 능가하는 렌즈의 장점을 포기할 이유가 없어 보입니다. 하지만 이런 말도 있죠. 멀리서 보면 희극이나 가까이에서 보면 비극이라.

혼란스러운 마음을 다스리는 와중에 좋은 생각이 떠올랐습니다. 안경과 렌즈를 꼭 눈에만 착용할 필요는 없는 것 같습니다. 시선을 내려 마음속 저 깊은 방 안에 웅크린 녀석에게도 둘 다 씌워봐야겠습니다. 방 안을 채운 그림과 사진과 영상과 향기와 감촉을 들여다보라고 해야겠습니다. 거기에는 가족과 친구와 연인과 태어난 이래로부터 1990년대와 2000년대와 2010년대와 2020년대가 빼곡하게 들어차 있죠. 어떤 대답을 저에게 들려줄지 꽤나 큰 기대를 하게 됩니다.

펜을 들고 산책을 나서다

4월의 색
키 작은 종이컵
신호등 건널목에서 개똥철학
알람을 끄다

4월의 색

4월이 되면 침묵한 아파트에도 색이 들어온다
어울리지 않는 조그마한 가방을 손에 들고
옹기종기 모여 있는 놀이터의 엄마들을 보면서
내 엄마도 그러셨겠지 생각한다

애처로운 봄입니다. 거칠게 쫓아올 무자비한 하늘과 땅의 난폭함이 슬퍼 하룻밤이 희미해지는 마지막까지 눈물 흘리는 봄이 찾아왔습니다. 슬픔에 겨워 눈물이 무거워 이름조차 다 헤어지고 한 글자만 남았나 봅니다. 이토록 서글픈 봄은 어떤 이의 책임에 기대야 할까. 등골 짜르르한 아찔함은 뱃속 깊이 찔러 허리를 펼 수가 없습니다.

아파트 단지에도 봄이 찾아옵니다. 남쪽 지방의 손님을 가장 먼저 반겨주는 아이들이 놀이터에 한가득입니다. 낮게 때로는 높게 날며 지저귀던 봄 새들이 나뭇가지에 앉아 아이들을 내려다 봅니다. 자기 몫을 차지한 아이들이지만 미워하지 않습니다. 봄은 어울림의 계절이어야 하니까요.

보송한 인간 병아리들 한데 모여 봄기운 충만한 환호성을 내지르는 곳 주변은 엄마들의 차지입니다. 어울리지 않는 조그마한 가방 한 손에 꿰고 눈은 제 아이에게 귀도 제 아이에게, 예의상 옆자리 다른 엄마와 목소리만 주고 받습니다. 사랑이 잔뜩 흘러넘치는 눈 밑에 옅게 패이기 시작한 주름이 애처롭습니다.

엄마로 살아가는 것은 살아내야 하는 고난 또한 가시밭길만큼 가득해 험난할 것입니다. 넘어지는 아이 모습에 화들짝 놀라 움찔하며 일으킨 몸은 벌써부터 잔고장에 시달리고 있습니다. 안도의 한숨과 기꺼운 웃음이 한데 섞여 노란색으로 변합니다. 조금 더 크게 뜬 눈으로 자세히 살펴보니 그리 화사하지만은 않는 듯합니다. 그곳에 있던 내 어머니의 색이 이미 흩어져 버렸기 때문일지도 모릅니다.

인류가 품은 가장 행복한 풍경 위로 분홍, 빨강, 초록, 노랑, 파랑 향기가 조금씩 퍼져 나갑니다. 서로 이리저리 뭉치고 흩어지며 밝은 햇빛을 물들입니다. 하얀색 시멘트 입은 아파트 건물에도 방울져 점차 퍼져 나갑니다. 아이들의 쾌활한 목소리가 겹겹이 덧칠되고 겨우 숨 돌린 엄마들의 소곤대는 대화로 홀로 남은 흰 공간이 채워집니다. 바람에 꽃잎 떨어져 봄 내음 사라져도, 다시 내일이면 산들바람 타고 형형색색 치마 흩날리며 춤추게 되는 것처럼, 각자 집으로 향하는 뒷모습이 그립고 은은한 향기를 퍼트립니다.

온 세상은 곧 가득 찰 것입니다. 봄이 불어둔 온기에 잠이 깨 하나둘씩 얼굴을 내밀 꽃으로 가득 찰 것입니다. 바짝 말라 건조하게 푸르렀던 아파트 단지 내에도, 놀이터 놀이 기구 옆에도, 외로운 소나무 아래에도, 회색빛 아스팔트 위에도 봄이 내릴 테죠. 그 옛날 느긋하게 찾아왔던 봄 할아버지, 할머니가 사무치게 그리워질 만큼 이 봄은 가진 모든 것을 나눠주고 내일 아침이 오면 자취를 감추겠지만 석별의 눈물을 흘리며 있는 힘껏 안아줄 것입니다. 내가 가진 온기 모두 가져가 내년 이맘때 잊지 말고 내 이름 불러 나를 찾아오길 깊이 깊이 소망하면서.

키 작은 종이컵

이리저리 길을 잃으며 드라이브를 다니다
카페도 편의점도 없는 지역에 멈춰섰다
목이 무척이나 말랐다
그 많던 자판기는 다 어디로 갔을까

대학에 입학했을 즈음은, 코흘리개 꼬맹이의 아버지 담배 심부름이 이미 법으로 금지가 된 때였으나 아직 실내에 담배 연기가 자욱하게 피어오르는 것은 바뀌지 않았을 때였기도 합니다. 마치 회사원의 사무실처럼 매일 출퇴근 도장을 찍던 과 학생회실도 예외는 아니었습니다. 이 학년 여름방학, 신축 건물의 창문이 없는 지하로 옮겨갔을 때도 상황은 늘 마찬가지였습니다.

뿌옇고 독한 연기 가득한 학생회실 가운데 탁자 위를 장식했던 것은 커피 자판기에서 태어난 종이컵이었습니다. 정확히는 커피 잔여물과 침과 담뱃재와 담배꽁초와 물이 섞인, 특유의 시꺼먼 색과 냄새가 고약하기 이를 데 없는 하얀 종이컵들. 그때의 자판기 커피를 떠올리며 당시 학교 근처로 눈을 돌립니다.

거리 곳곳에 가득한 카페를 당시에는 본 기억이 없는 것 같습니다. 대학에 발 디딘 그 해 이미 스타벅스는 한국에 100번째 매장을 열었다지만, 여전히 내 인생에 가득한 것은 온갖 종류의 자판기였습니다. 자본주의 시장경제의 논리가 큰 힘을 발휘하지 못했던 당시의 대학 캠퍼스에서 자판기 커피만큼 가성비가 좋은 음료도 없었습니다. 특히 흡연을 즐기는 애연가에게 담배의 씁쓸함과 믹스커피의 달달한 맛은 그 자체로 이미 끊을 수 없는 중독이며, 흡연 후 입안에 남는 텁텁함은 또 다른 커피와 담배를 부르는 악순환의 굴레였죠.

어쩌다 흥이 돋아 학생회실에 남아 술 한잔 기울이는 금요일 밤이면 급히 사 온 종이 소주잔이 재떨이 역할을 대신하곤 했습니다. 크기가 원체 작아 몇 번 쓰지도 못하고 새로운 잔을 꺼내 담배를 털고 끄다 보면 다음 날 아침 탁자 위를 가득 점령한 큰 골칫거리 지뢰가 눈앞에 펼쳐졌습니다. 시커멓고 냄새 고약한 담배꽁초로 장식된 폭탄 덩어리들. 행여라도 일요일 밤에 자리를 벌인 다음 날이면 동기와 선배가 선사하는 상쾌한

잔소리와 욕설은 담배를 끊은 지 십수년이 넘은 지금도 은은하게 향이 돕니다.

우연히도 스타벅스 1호점이 위치한 미국 워싱턴주 시애틀 근교에서 유학 생활을 했더랬죠. 대중교통으로 가기에 그리 가까운 곳은 아니었으니 근처라고 말하긴 사실 어렵습니다. 유학 생활 초반 주변 친한 이들과 한 번, 대학 선배의 부탁으로 기념품을 사기 위해 또 한 번 방문한 것이 전부였기에 아직 카페 문화에 대한 이해가 부족할 때였습니다. 오히려 북극곰이 추천하는 톡 쏘는 탄산음료를 더 아끼고 사랑했습니다.

한국에 돌아왔을 때 세상은 달라져 있었습니다. 거창하게 나라 전체를 볼 필요까지는 없겠습니다. 지금까지 살고 있는 이 도시, 지금까지도 자주 다니는 생활 반경에 국한시켜 보더라도 이미 달라져 있었습니다. 커피 자판기는 마치 노란색 전화번호부처럼 이미 기억 속에나 전시되어 있는 과거의 유물로 그 자취를 감춘 상태였습니다. 두꺼운 책이 남겨둔 그 자리를 차지한 것은 수많은 카페 간판과 무수히 버려지는 일회용 컵과 로고가 새겨진 다회용 컵.

시간이 흐른 만큼 매장용 컵을 사용하는 것에 익숙

해졌습니다. 무엇보다 카페에 들어서 자리를 잡고 음료를 받아와 테이블에 올려놓는 순간부터 왜인지 모르게 안락하고 편안함을 느끼는 스스로가 전혀 어색하지 않게 되었습니다. 키 작은 자판기 종이컵을 한 손에, 입에는 담배를 물고 캠퍼스 벤치에 앉아 있는 것보다 더 편하게 느껴집니다. 지하철 승강장에서나마 반갑게 인사했던 자판기마저 전부 철수할 계획에 있다고 하니 역사의 뒤안길로 사라지는 것은 시간문제일 것 같습니다.

긴 시간의 흐름은 오래된 것, 익숙한 것과의 작별을 필연적으로 수반합니다. 인정해야 할 듯 합니다. 덤덤하게 입을 다물고 고개를 돌려봅니다. 사라져간 그만큼 제 주변에 또한 가깝게 있던 많은 존재의 빈자리를 새삼 느끼게 됩니다. 십대 시절의 철없던 그들과 이십대 시절의 용기 가득했던 그들은 삼십대 후반에 접어든 지금, 그 모습을 찾기 어렵습니다. 길게 늘어진 끝에 끊어진 인연의 시간처럼 사라진 것 같습니다.

더운 여름, 넝쿨 식물 시원하게 늘어진 그늘 밑에서 마시던 군대 자판기용 150원짜리 간 얼음 가득한 냉커피처럼. 저절로 탭댄스를 추게 하는 계절, 지상의 칼바람에 맞서며 마시던 지하철 1호선 부평역 승강장의 400원짜리 뜨거운 우유 한 잔처럼 사라진 것 같습니다.

신호등 건널목에서 개똥철학

나만 잘해면 될까
나도 잘해야 할까
우리가 잘해야 하면
쓸데없는 오지랖일까

버스 운행 정보를 실은 지도의 마이너스 버튼을 끝까지 눌러봅니다. 다양한 색의 버스가 각 지역 안에서 쉬지 않고 오고 감을 볼 수 있습니다. 빨간 얼굴의 버스가 수는 가장 적지만 눈에 띄는군요. 경계를 넘어 도시와 도시를 열심히 잇느라 그럴지도 모르겠습니다. 그 중 인천 가좌동에서 서울역까지 오고 가는 1200번 광역버스를 타기 위해 오늘도 집 근처 정류장으로 발걸음을 옮깁니다.

정류장에서 출발한 1200번 버스는 곧 서울 외곽순환도로로 방향을 잡습니다. 서울까지 뚫려있는 경인로를 이용해야 하기 때문입니다. 지하화 공사로 늘 흐름이 꽉 막힌 경인로를 따라가다 보면 서울 지역에서 가장 먼저 정차하는 선유고등학교 정류장이 기다리고 있습니다. 다소 외진 지역 같지만 한두 명은 꼭 타고 내리는 곳입니다.

다시 교통이 혼잡해져 차들이 느릿느릿 기어가는 양화대교를 지나면 합정역이 눈앞에 나타납니다. 1200번 버스를 타는 목적인 장소에 도착입니다. 차가 막히는 낮이면 대략 50분에서 60분, 차가 덜 막히는 밤 시간이라면 약 30분이면 주파하는 거리를 앉아서, 때로는 꾸벅꾸벅 졸면서 편하게 이동합니다.

인천과 다르게 서울의 많은 지역에는 중앙버스전용차로가 뻗어있습니다. 이름처럼 도로의 중앙을 지나는 경로이고 따라서 정류장도 도로 중앙에 있기 마련입니다. 합정역 정류장 또한 마찬가지로 도로 중간에 놓여 있습니다. 1200번뿐 아니라 무수히 많은 버스가 이곳을 오가는 덕에 남북으로 길쭉해진 정류장에 내린 후 버스 진행 방향으로 끝까지 쭉 걸어가면 건널목이 나를 기다리고 있습니다. 왼쪽과 오른쪽, 양방향으로 건너갈 수 있는 것은 어느 쪽으로 가던 합정역으로 들어가는 출구가 위치해 있기 때문이겠죠.

오른쪽에는 할리스 커피 건물과 7번 출구가 눈에 들어오고, 왼쪽으로 눈을 돌리면 8번 출구가 보입니다. 오른쪽이든 왼쪽이든 지하철 출구로 향하는 길이 한 번에 연결되지 못하게 끊어놓는 것은 중간에 자리 잡은 교통섬입니다. 표현 그대로 차량 흐름 때문에 도로 중간에 섬처럼 고립된 시멘트 섬에서부터 다시 뻗어있는 건널목까지 건너야 비로소 지하철 출구가 뚫려있는 땅에 발을 내디딜 수 있습니다.

지도상 거리를 재보면 대략 8m 정도로 측정됩니다. 성인 남성 평균 보폭이 약 0.76m라고 하니 10걸음에서 11걸음 사이에 건널만한 거리가 됩니다. 일곱 걸음째에 건널목 끝에 다다랐으니 실제 거리는 8m보다 짧을 것이라는 강한 확신이 맺힙니다. 이 짧은 거리에 오고 가는 차량 때문에 보행자 신호까지 있으니 초록불이 켜질 때만 건너야 합니다. 건너편에 서 있는 사람의 표정은 미세먼지가 심한 오늘도 여전히 뚜렷합니다.

늘 움직이던 경로를 따라 교통섬까지 지나 합정역 8번 출구에 진입하는 순간 무언가가 바지 밑단을 움켜쥐는 느낌이 듭니다. 지하 출구로 내려가는 에스컬레이터에 발을 올리기 직전입니다. 멈춰 선 몸을 돌리니 뒤이어 오던 이의 의아한 시선이 사뭇 따갑습니다. 조용한 목례로 사과를 대신하고 출구를 빠져나와 날 멈춰 세운 무언가를 찾습니다. 다소 가라앉은 시선을 비집고 들어오는 보행자 무리가 가장 그럴법합니다.

빨간 경고등의 정지 신호를 본 사람들은 일단 전부 발걸음을 멈춥니다. 그러다 진행하는 차량이 없는 순간이 오면 꼭 누군가가 무단으로 건너기 시작합니다. 그는 곧 피리 부는 사나이가 되어 나머지 보행자를 홀리고 결국 우르르 따라서 길을 건넙니다. 신호는 여전히 빨간색입니다. 교통섬에서 건너는 신호등의 교대 시간은 비교적 짧은 터라 머지않아 초록불이 눈을 뜨게 되고, 마침내 무단횡단 무리와 합법 보행 무리는 서로 섞여 아무 일도 없었던 것처럼 제 갈 길을 갑니다.

다만 무단횡단자가 남겨두고 간 준법정신이 투철한 시민들의 입장이 곤란해집니다. 계속 기다릴 것이냐 따라서 건널 것이냐. 삶과 죽음을 다루는 철학적 고뇌의 무게가 짧은 순간 그들의 발걸음에 망설임을 더합니다. 그 무리 속에 서 있는 나 또한 마찬가지입니다. 유난을 떠는 걸까. 타인의 시선에 집착하는 것일까. 융통성이 없는 것일까. 별것 아닌 일상에 괜한 의미를 부여하는 것일까. 무단으로 길을 건너간 용기 있는 자들에게 향하는 내 비판의 칼은 칼집에서 뽑히다가 들어가다가를 반복합니다.

현재 거주하는 아파트 단지의 정문이 불현듯 떠오릅니다. 건너편에 크게 상가 단지가 들어서 있고 정문 진입로까지 포함하면 사거리 교차로가 완성되는 지점입니다. 상가 단지 진입로는 일방통행으로 왕복 3차선이 깔려 있습니다. 마찬가지로 건너야 할 거리가 그리 멀지 않다는 뜻입니다. 진입로 시작 지점에는 보행자 신호등이 있는 건널목이 있고 거기서부터 안쪽으로 약 3m 거리에 신호등이 없는 보행자 건널목이 그려져 있습니다. 따라서 이 구간 또한 양심과 도덕과 현실과 융통성이 혼재하게 됩니다. 신호등 건널목의 빨간불이 싫은 보행자는 3m만 안쪽으로 걸어가 신호등 없는 건널목에서 바로 건너면 됩니다.

다시 한번 고민에 빠집니다. 빨간불에 고집스레 서 있는 나는 유난을 떠는 것일까, 내가 가진 준법정신에 칭찬 일색의 꽃가루를 뿌려줘야 하는 것일까, 쓸데없는 의미 부여는 그만두고 그저 휴대전화로 시선을 내리면 되는 것일까. 결국은 실소를 금치 못하고 어느새 바뀌어 있는 초록불에 건너가는 오늘입니다.

알람을 끄다

체계적이란 말 속에는 계획이 들어있다
짧게는 일 단위로 길게는 연 단위로
자세한 계획을 세워 체계적인 인생을 살아야 한다며
강변하는 영상이 많다. 계획의 정체는 무엇인가

계획적인 삶이 보다 더 적극적으로 권장되고 요구되는 사회의 모습 속에서 걷고 있는 나 자신을 바라봅니다. 매일 찾아오는 반복된 순간에 이후의 시간을 생각하며 머릿속으로 계획을 수립하고 이행하며 복기하고 수정하여 적용합니다. 하루를 마감하기 직전의 순간을 살펴보면, 그 순간마저도 계획의 일부로 편입되어 소비됩니다. 충전기에 휴대전화를 연결하고 어제 아침 약간은 멍한 정신으로 꺼 놓은 알람 목록을 쭉 훑어 필요한 만큼 켜짐으로 바꿔놓습니다. 계획이 쌓이고 쌓여 무의식적 반복과 습관의 영역으로까지 진출한 예시를 매일 밤 목격합니다.

아침의 모습은 또 어떠한지. 계획된 시간까지 준비를 마쳐야 하고 지하철 시간표나 버스 위치 정보 따위를 살펴보며 집에서 출발할 시점을 계산합니다. 무더운 여름과 격렬한 추위의 겨울에는 특히 더. 매일 비슷한 시간에 직장에 도착해 비슷한 시간까지 그날의 수업 준비를 마치고 정확히 계획된 시간에 수업을 시작해 정확히 똑같은 시간에 수업을 끝내는 작업은 무엇보다 완벽한 계획의 일환입니다.

초등학교 시절 방학이 시작되면 배부되는 방학 숙제의 첫 페이지에는 늘 동그라미 일상 계획표가 채워지기를 기다리고 있었습니다. 반듯한 선을 그어 매일의 계획을 적어 넣었지만 결국 벽 한 곳에 부착된 채 방학 내내 외면받는 운명에 처한 계획표는 사각의 표로 바뀌어 플래너 혹은 다이어리 속에 제자리를 찾아 정착한 채 생을 이어오고 있습니다. 중학생, 고등학생, 대학생, 그리고 직장인에게까지 손길을 뻗치는 계획표는 다시 그들의 자녀에게 옮겨가는 삶을 반복합니다. 이보다 완벽한 기생체는 없을 것입니다.

이십 대 중반 이후로 알람을 제외하고 더는 계획에 손대지 않습니다. 플래너를 구입한 기억과 사용한 경험은 저 멀리 날아가 돌아오지 않고 있습니다. 휴대전화에 설치되어 있는 기본 달력 애플리케이션에 여가생활 일정에 대해 기록을 하는 수준에 머물러 있을 뿐입니다. 빼곡히 차 있는 달력을 보며 이유 모를 뿌듯함에 으쓱하다가도 텅 비어있는 다음 달 달력을 볼 때면 되려 마음이 편해지는 이상한 감정 변화가 흥미롭습니다.

채워짐이 부여하는 뿌듯함과 비워냄에서 오는 편안함이 공존하는 이유를 조금 더 들여다보니 몇 년 되지 않은 다짐이 지금껏 걸어온 길에 새겨져 있음을 발견하게 됩니다.

'꿈을 이루고 싶다면 꿈속에서 걸어 나와 매일에 충실하고 하루를 올바르게 살자.'

늦가을에 접어들면 한해를 돌아보고 겨울이 깊어져 그 끝을 향해 갈 때쯤부터 다음에 찾아올 또 다른 365일을 위한 계획을 세우는 이들 사이에 서 있습니다. 한해가 끝나기까지 남은 몇 개월의 삶이 어떤 방향으로 흘러갈 것인지는 오늘을 살아갈 내가 결정한다 굳게 믿습니다.

글을 더 잘 쓰고 싶은 꿈과 수업을 더 잘하고 싶은 꿈과 영어를 더 잘하고 싶은 꿈과 좋은 사람을 만

날 꿈을 꾸고 있습니다. 그 꿈을 뒤로하고 걸어가는 나는, 오늘을 사는 나는 글을 쓰고 책을 읽고 수업 연구를 하고 영어 공부를 하고 좋은 사람에게 친절함과 관심의 말을 건넵니다. 특별할 것 없는 오늘이 내일이 되어 남은 한 해를 채우면 내년의 시작 앞에 부끄러움은 없을 것이라 믿기 때문입니다.

두 발을 붙든 남겨진 자취

어디선가 봤었어야 해요

떠나왔으니 돌아갈까

버스가 내 품 안에

더 이상 「나 홀로 집에」를 보지 않는 이유

어디선가 봤었어야 해요

집으로 향하는 버스 안
타인에게 일정 길이 이상의 눈길을
절대 두지 않는 습관이 깨진 날

집으로 데려다주는 버스 안, 우연히 마주한 그대의 눈이 바라보는 곳은 어디인가요. 그대는 무엇을 바라보고 있나요. 곧 내릴 정류장이 다가오는 이 순간 그대의 옆얼굴에서 눈을 못 떼는 나 자신에게 의구가 일어나요. 어딘가 낯이 익은 모습이라 내 눈을 잡아끄는 건가요. 큰 용기를 내 그대에게 다가가 서투른 인사말을 건네고 싶지만 부끄러움과 망설임은 사지를 옭아맨 쇠사슬이 되어 온몸을 꽁꽁 묶어 놓습니다.

늦은 오후의 햇살이 내리쬐어 음영을 만들어 내는 그대의 눈과 코와 입술의 윤곽에서 풍기는 익숙함이

도무지 이해하기 어려운 만큼 익숙하네요. 단언컨대 나는 그대를 본 적이 없습니다만 이 익숙함은 어디에서 토로할 수 있을까요.

버스에서 내린 후에도 그대의 옆얼굴이 눈앞에서 한 여름 아지랑이처럼 아른거립니다. 어차피 할 일도 없는 토요일 오후인데 내리는 선택을 미뤄두고 계속 버스에 몸을 싣고 있어야 했을까요. 싱그럽게 피어난 나무 아래를 걸으며 곰곰이 궁리하고 또 궁리하니 이제서야 답을 알 것 같습니다.

노래방에 앉아 마이크를 든 그대의 모습과 참 많이도 닮았음을 드디어 깨닫습니다. 진심을 다해 한 음 한 음 정성스럽게 표현하는 그대의 옆얼굴이 그렇게도 좋았더랬죠. 이유는 알 수 없는, 우수에 찬 버스의 그대 옆얼굴이 그대와 참 많이 닮았더랬어요. 그 때문에 내 눈이 떨어질 줄 모르고 한없이 흘깃 그대를 쳐다봤군요. 이제야 느낍니다. 이제야 살 깊숙이 파고듦을 느낍니다. 이제야 욱신거리는 심장을 깨닫고 한 방울 눈물을 흘립니다. 그대의 옆얼굴이 여전히 아지랑이처럼 아른거립니다.

어느 봄날의 버스에서.

떠나왔으니 돌아갈까

취미가 어떻게 되나요
여행을 좋아합니다
이유가 어떻게 되나요
......그러게요

몇 년 전의 평범했던 시간에 매달려 있는 흐린 기억의 작은 조각을 떼어내 봅니다. 새로 맺게 되는 관계에서 작은 대화는 부드러운 시작을 가져다주니 아무래도 자주 앞에 나서야 하는 것은 취미의 유무와 내용입니다. 음악 듣기, 영화 보기, 책 읽기, 운동하기, 영어 모임 운영하기, 영화 자막 수정하기, 그리고 여행 가기. 숱하게 입에 담았던 취미 목록에 처음으로 의심의 물음표를 찍었던 몇 년 전으로 돌아갑니다.

특별한 이유가 있었을까 돌아보니, 뭉근한 불에 유지될 대화의 농도와 타인의 시선에서 벗어나지 못하는 허영심과 헛헛하기만 한 공허함이 꽤나 뚜렷하게 기억 속에 떠 있습니다. 취미의 정의를 다시 내려야만 했습니다. 사전에서 벗어나 내가 인정할 수 있는 기준이 필요했고 그것을 원했습니다. 맥주 한 병 정화수 삼아 책상 위에 올려두고 질서 없이 튀어 오르는 단어와 단어를 선별해 문장으로 뱉어냈습니다.

"첫째, 호기심과 흥미를 계속해서 불러일으켜야 할 것."
"둘째, 과정에서 즐거움을 느낄 것."
"셋째, 과정에서 지적, 감성적 자극을 받을 것."
"넷째, 결과가 짓는 표정에 개의치 않을 것."

그동안 취미랍시고 주워섬긴 온갖 취미를 적어둔 노트를 펴 비장한 마음가짐 아래 네 가지 기준에 단 하나라도 적용되지 않는 단어는 펜 끝에 잔뜩 힘을 주어 굵게 가로지르는 취소선을 그었습니다. 음악과 영화만이 남게 됐습니다. 이 두 단어만이 진정한 취미인 것이 백일하에 드러난 셈입니다. 실행하는 데 있어 비교적 확고한 기준과 방법과 나름대로의 철학을 가졌다고 자평했던 여행이 목록에서 제외된 것은 상당히 놀라운 일이었습니다.

호기심은 고양이도 죽인다고 했습니다. 억울한 피해

묘(猫)를 만들기 전에 이러한 호기심을 죽여야 할까 해소해야 할까. 의미 있는 고민을 할 만큼 여행이 나 자신에게 충분한 호기심과 흥미를 불러일으키지 못했음이라. 마음에 품었던 무언가를 세상에 풀어놓으며 취미 목록 마지막에 적힌 여행을 지워버린 순간 어깨에 앉아 있던 고양이도 제 갈 길 따라 떠나갔다고 하겠습니다.

그동안 발걸음을 옮겼던 여행을 돌이켜 보는 것이 자연스럽게 뒤를 이었습니다. 모든 여행에 특별한 목적을 두지 않았더랬죠. 둘 이상의 무리보다는 혼자를 선호합니다. 도달해야 하는 목표는 교통수단이 멈추는 곳과 몸을 쉬게 할 곳이 유일합니다. 부유하는 지난 기억을 다시 들이키고 나니 비로소 여행을 떠났던 이유가 떠올랐습니다. 그저 당시 서 있던 곳에서, 멈춰있던 곳에서 도피해 스스로를 분리하거나 혹은 고립시키고 싶었음이 틀림없습니다. 국내 여행보다 해외여행을 선호했던 이유도 여기에 있었습니다.

여행지에서 공통으로 하지 않는 몇 가지 중 하나는 사진을 잘 찍지 않는 것입니다. 무언가 특별한 기억을 남기기 위해 떠나는 여정이 아니기 때문입니다. 어깨에 쌓인 지나온 시간의 두께에 허우적대는 것이 너무도 고돼 한계에 도달할 때쯤 내리는 최후의 선택이 여행이었음을 이제서야 느낍니다. 완전히 벗어버릴 수 없다는 사실은 뼛속 깊숙이 새기고 있기 때문에, 견뎌낼 수 있는 적절한 무게까지 짐을 덜어낸 것을 느끼게 된 순간 다시 돌아가야 함을 일깨우기 위해 떠났었다는 사실을 이제서야 깨닫습니다.

매일 눈을 뜨는 순간부터 어둠과 인사하는 순간까지 이미 수십 년의 여행을 하는 것 같습니다. 이것은 매일 해가 뜨고 지는 광경을 보려는 여행이기도 합니다. 이것은 언젠가 눈 감을 그 날을 향해 가는 여행이기도 합니다. 우연의 우연이 억겁을 거듭해 마침내 낳은 한 번의 삶이 어디에서 끝을 맺을지 보기 위한 여행이기도 합니다.

"아름다운 이 세상 소풍 끝나는 날
가서, 아름다웠다고 말하리라……"

故 천상병 시인의 「귀천」의 마지막 구절이 불현듯 떠오릅니다. 길고 긴 여행의 끝에 다다른 그 날, 나에게 허락된 마지막 호흡을 타고 흘러나오길 바랍니다.

버스가 내 품 안에

용기와 정성, 불같은 애정이
상대에게 감동만을 주는 것이 아님을
버스는 계속해서 말했다

비밀을 하나 털어놓겠습니다. 혹시 그 정체가 드러나진 않았을까 조심스럽게 이리저리 눈을 돌려보니 아직은 저만 알고 있다는 확신이 듭니다. 꽤 오랜 시간이 걸린 것 같습니다. 관찰을 포기하지 않고 수용을 거부하지 않는 마음가짐을 유지하는 것이 쉽지는 않습니다. 깨달음을 체화해 바로 행동으로 옮기는 것 또한 만만치 않은 일이죠.

긴 시간에 걸쳐 깨달은 만큼 쌓인 껍질이 두껍습니다. 하나씩 천천히 벗겨내면 신비로운 알맹이가 모습을 드러낼 것입니다. 알맹이의 맛은 놀라울 것입니다. 놀람의 정도가 똑같다고 섣부른 확신을 드러내진 않겠습니다만 한편으로 내 속에서 중얼거리는 목소리를 들을 수 있습니다. '분명 다 놀랄걸. 몰랐다고, 동그랗게 뜬 눈으로 손뼉을 칠걸.'

십 년은 훌쩍 넘은 것 같군요. 패기 어린 허세는 갈무리해 직접 몰던 자동차는 한쪽에 미뤄놓고 버스에 올라타는 시간이 꽤 많이 흘렀습니다. 출근할 때, 퇴근할 때, 중간에 다른 지역으로 이동할 때도, 심지어 서울로 넘어갈 때도 거의 항상 버스를 이용합니다. 불편하지만 꽤나 적재적소에 편성된 버스 노선도를 보면 간혹 감탄하게 됩니다.

주의를 잠시 환기할 필요가 있겠습니다. 자칫 오해를 할 수 있을 테니까요. 서울 몇몇 중요 지역의 버스 정류장은 비밀의 대상이 되지 못합니다. 워낙 많은 승객과 수요에 걸맞은 공급의 필요성으로 인해 규모가 커야 함은 불가피한 일이기 때문입니다. 깨달음의 대상은, 따라서 시내 이곳저곳을 이어주는 시내버스 정류장이 됩니다.

버스를 탈 때마다 항상 드는 의문이 있습니다. 정확히는 버스가 정차할 때마다 목격하는 상황이기도 합니다. 한번 상상해 보겠습니다. 내가 기다리는 버스가 저쪽에서 달려옵니다. 그리고 곧 정류장에 진입하며 정차하겠죠. 그 순간에 잠시 영상을 멈춰 봅니다. 버스가 과연 정류장 위치에 맞게, 승객이 기다리는 자리에, 승객이 편하게 승차할 수 있는 자리에 정차했는지 들여다봐야 합니다. 답은 이미 나와 있습니다. '동그랗게 뜬 눈으로 맞다며 손뼉을 칠 것입니다.'

혹시나 탑승하겠다는 의사표시를 제대로 못 봤나 싶어 한때 도로에 내려서면서까지 손을 흔들고 버스를 맞이한 적도 있습니다. 여전히 버스는 멀찍이 떨어진 채 멈춰서 문을 열어주더군요. 더 걸어간다면 다음 차선에 발끝이 닿게 생겼으니 겁이 나서 못 가겠습니다. 고집스레 버스가 채 도착하기도 전에 도로로 내려가 온몸으로 나의 탑승 의사를 강하게 표현합니다. 버스 기사의 눈빛이 잘 보이지 않습니다.

앞으로 갈 수 없을 때가 뒤로 물러서야 할 때라는 것을 오랜 고민 끝에 깨닫는 순간이었습니다. 저 멀리 버스가 보이기 시작하면 정류장 구역 내 적당한 곳에 자리를 잡습니다. 버스가 충분히 가까워졌다고 판단될 때 팔을 살짝 뻗어 탑승할 계획이라는 신호를 줍니다. 그다음이 매우 중요합니다. 멀뚱히 서서 팔만 흔들어서는 소용이 없습니다. 보도블록 끝에 아슬하게 서 온몸을 내밀어도 소용없습니다. 이때는 오히려 보란 듯이 크게 한걸음 뒤로 물러서야 합니다. 꼭 버스 기사님이 그 모습을 봐야 합니다.

놀랍게도 이 전략의 성공률은 상당히 높습니다. 열에 일고여덟 번은 버스가 다른 경쟁자를 제쳐두고 내 앞에 친절하게 멈추기 때문이죠. 이 비밀의 이유를 이해하는 것은 전혀 어렵지 않습니다. 관점을 바꾸면 모든 것이 설명됩니다.

버스는 제 몸의 크기뿐 아니라 사이드미러조차 그 크기가 일반 승용차의 그것과 비교할 수 없을 만큼 큽니다. 따라서 탑승객이 보도블록 가장자리에 서 있으면 버스 기사 입장에서 가까이 정차하는데 큰 부담이 생깁니다. 그때 탑승객 한 명이 한걸음 물러나 공간을 마련해 주면 부담을 내려놓을 수 있으니 내가 기사라고 해도 그곳에 정차할 듯합니다. 이렇게 내 앞에 바짝 멈춰선 버스에 가장 먼저 편안하게 올라타게 되죠. 빈자리의 선택권도 내게 우선권이 주어집니다.

버스를 타겠다고 무작정 다가가는 것이 버스를 모는 사람에게는 부담으로 작용할 수 있다는 명제가 이상하게도 익숙하게 느껴집니다. 기시감이 잔뜩 묻어있어 필연적으로 이유를 찾습니다. 골몰하던 와중에 갑작스레 몇몇 얼굴이 떠오르네요. 버스를 지우고 난 빈자리에 그들의 이름을 채웠더니 이유를 알 것 같습니다.

다가가는 것만이 정답이 아니었음을, 때로는 적당한 거리와 시간과 마음의 여유를 뒀어야 했다는 사실이 너무나 무겁게 가슴 한가운데를 짓누릅니다. 다가가려는 마음이 마음과 다르게 그들의 마음을 힘들게 했음을 몰랐습니다. 그저 가까이 오길 바라는 마음에 내 마음 가장자리에 너무 바투 다가서 다가올 공간을 주지 못했음을 몰랐습니다.

정류장에 선 버스가 기다리던 버스인지 알지 못한 채 올라타려고 했던 적도 있다는 사실이 또한 너무나 날카롭게 상처를 내는군요.

더 이상 「나 홀로 집에」를 보지 않는 이유

고통과 상처를 회복하는 방법에는
직접 마주하는 것과 외면하는 것이 있다
선택과 결과의 만족도는 비례하지는 않는다

시간을 거슬러 올라간 2010년 12월은 영화 「나 홀로 집에」를 마지막으로 본 해이기도 합니다. 처음으로 본 해는 언제일까. 정확하게 기억하진 못하고 대략 초등학교 저학년 때 어머니가 빌려다 주신 VHS 비디오로 본 것이 처음이었습니다. 워낙 강렬한 인상을 받았는지 중학생이 되고 고등학생이 되고 이십 대 중반이 될 때까지도 12월 크리스마스가 다가오면 혹은 크리스마스 당일에 챙겨 봤었죠. 이렇게 계산하니 안 본 지도 십 년이 훌쩍 넘었지만, 여전히 내용은 생생히 기억나는 듯합니다. 우리 케빈 형의 활약과 불쌍한 강도들 그리고 결정적인 상황에서 케빈에게 도움의 손길을 내미는 주변

어른까지. 물론 뒤늦게 땅을 치고 후회하며 케빈을 찾는 케빈의 부모님도 잊을 수 없군요.

초등학교 저학년 때야 케빈이 펼치는 웃기면서도 순수하고 모험심을 자극하는 활극에 눈을 더 뺏겼더랬죠. 아마도 비슷한 시기에 읽었을 『톰 소여의 모험』과 『허클베리 핀의 모험』의 영향 때문일 수도 있겠습니다. 이때의 순수한 마음은 여전히 조금은 남아 있어 미국 유학 당시 거주했던 지역을 관통해 멀리 뻗어가는 강을 처음 봤을 때도, 「무한도전」에서 자체 제작한 뗏목을 타고 한강을 종주할 때도 여전히 케빈과 톰과 허클베리가 떠오르긴 했습니다.

마지막으로 「나 홀로 집에」를 본 미국 생활의 2010년에는 다소 다른 점을 느꼈습니다. 나름 미국 문화라는 것을 다양하게 접했던 시기이고 그러다 보니 전형적인 크리스마스의 풍경이 머릿속에 자리 잡고 있었죠. 눈이 내린 거리에서 창문을 들여다보면 따뜻한 벽난로가 피어있는 거실이 보이고 풍성한 음식이 자리를 차지한 큰 식탁이 놓인 주방 그리고 둘러앉은 단란한 가족 혹은 친척까지. 거실 한쪽의 크리스마스트리 밑에 놓인 선물 꾸러미도 빼놓을 수 없습니다. 시간이 흐르지 않은 채 박제된 사진은 계속해서 선명하기만 합니다.

2010년의 크리스마스 낮에도 「나 홀로 집에」 1편과 2편을 이어서 봤습니다. 하지만 이전만큼 재미있지는 않다고 느꼈던 것이 기억납니다. 오히려 기분이 다소 좋지 않아 줄담배를 피웠던 것도 기억이 납니다. 그때는 흡연자였으니까요. 그리고 다소 충동적으로 결심을 했더랬습니다. 앞으로 이 영화는 다시는 보지 않겠다는 강한 다짐을 했었죠. 지금까지 이 다짐이 이어져 오는 것은 아닙니다. 당시의 결심이 습관이 되고 관성으로 이어져 지금은 굳이 찾아보지 않는 것이 자연스러워졌습니다. 다만 그 결심의 이유를 한동안 찾지 못하고 잊은 채로 살다가 몇 년 전에 불현듯 깨닫긴 했습니다.

미국 생활 중 가장 힘들었던 시기를 꼽으라 한다면 2010년이라고 하겠습니다. 슬럼프에 빠져 몇 달을 방황하며 살기도 했고 공부에도 집중하지 못했으며 미국 생활 모든 것이 다 의미 없게 느껴진 해였습니다. 그래서 무의식적으로 찾고 있었는지도 모르겠습니다. 이런 나를 괜찮다고 위로해 줄 누군가를 말이죠. 잘잘못을 떠나서 그저 따뜻하게 안아줄 누군가를 말이에요. 동시에 스스로를 다그치던 시기이기도 했습니다. 겉으로는 애써 포장하지만 스스로에게 떳떳하지 못하고 자부심을 느낄 만큼 제대로 살고 있지 않다고, 부모님의 허리띠를 졸라매면서 이곳에 있을 자격이 없다고 그렇게 나 자신을 미워했던 때였습니다.

「나 홀로 집에」 속 케빈은 용감합니다. 순수하면서 착하기도 합니다. 다소 이기적으로 보일 수도 있지만 마음 속에 타인을 사랑하는 따뜻함도 가지고 있습니다. 케빈의 부모님은 어떤가요. 어릴 때는 케빈의 부모님이 다른 자녀만 편애하고 케빈을 미워하는 줄 알았습니다. 하지만 그들은 케빈을 절대 포기하지 않습니다. 수단과 방법을 가리지 않고 케빈을 위해 모든 것을 포기하고 달려옵니다.

이 점을 깨닫게 된 2010년 12월 25일은 그래서 케빈을 질투했던 것 같습니다. 저 조그만 아이가 홀로 집을 지켜내고 타지에서 용감히 살아남는 모습과 스스로를 비교하면서 자괴감도 느꼈던 것 같습니다. 어떻게든 케빈을 찾아 한달음에 달려와 안아주는 케빈의 부모님이 마냥 부럽기도 했습니다. 이런 감정을 느끼는 것 자체가 불쾌하기도 했죠. 그래서 홧김에 다시는 보지 않겠다고 결정을 내렸습니다. 심리적으로 궁지에 몰리니 유약한 인간은 별생각을 다 하게 됩니다. 당장 이 영화를 안 본다고 해서 당시 가지고 있던 문제가 바로 해결되는 게 아님에도 불구하고 말 그대로 홧김에 그랬던 것 같습니다.

벌써 오래전 일입니다. 지금은 나이를 더 먹은 것도 있고 그 시간 동안 인생 속에서 또 다른 많은 일을 마주했으며 더 이상 크리스마스에 큰 의미를 두지 않을 만큼 덤덤해지기도 했습니다만 여전히 크리스마스가 되면 당시의 일이 떠오릅니다. 그렇다면 덤덤해진 것이 아닐지도 모르겠습니다. 박제해뒀던 크리스마스의 풍경은 이미 떼어내 버렸음에도 말이에요. 그렇지만 이제 「나 홀로 집에」는 보지 않습니다. 볼 생각도 없고 보고 싶지도 않습니다. 체질이 조금 유별나서 상처가 나면 꼭 흉터가 두드러지게 남기 때문입니다. 흉터가 눈에 안 보여야 생각도 안 나더군요.

안경을 벗고 내 안의 나를 보며

십여 년이 흐른 「살아야지」

찬 겨울의 추운 시상식

저 멀리 있어줘

막상 하면 하잖아

십여 년이 흐른 「살아야지」

음악은 특별하다
이야기가, 기억이, 시간과 장소가
그리고 사람이 담겨있다
노래를 선택하는 유일한 기준이 된다

유튜브 쇼츠로 「비질란테」 관련 영상이 끊임없이 올라오던 몇월인가에, 궁금하기도 하고 마침 완결 지었다길래 전 회차를 몰아서 봤더랬습니다. 가장 낯설었던 것은 한 번에 끝나는 것이 아닌 1회부터 이어서 보는 것이었죠. 워낙 TV 드라마를 안 봐서요. 더듬더듬 흘러온 시간을 거슬러 올라가며 계산을 해 봤습니다.

고등학교 삼학년 때 거창하게 공부한다는 명목으로 TV 드라마를 끊고 약 이십 년이 흐른 시간 동안 시청했던 드라마가 고작 세 편이더군요. 두 번째 드라마와 이번에 본 드라마 사이에 약 십 년의 간격이 있으니 낯

선 감정을 느꼈지 않았나 싶습니다.

그렇다고 TV를 완전히 안 보진 않습니다. 예능 프로그램은 참 많이 좋아합니다. 평일 예능과 주말 예능 프로그램은 방송사 별로 빼놓지 않고 봤던 때도 있죠. 점차 하나씩 정리하면서 「무한도전」을 제외하곤 보지 않습니다만, 그들의 무모한 도전이 끝난 이후로는 유일하게 음악 예능만 챙겨 봅니다. 매운맛 오디션 프로그램에서 시작해 최근의 따뜻하고 순한 맛의 오디션 프로까지 음악 예능은 최대한 놓치지 않고 챙겨 보려고 합니다.

「싱어게인」 세 번째 편이 방영된 두어 달은 덕분에 목요일 밤이 행복했습니다. 음악이 너무나 좋아서 눈물 흘리고, 괴롭고 외로운 순간에도 포기하지 않고 계속 버텨온 사람들의 이야기와 진심을 운율에 실어 듣는 것은 정말 황홀하기 그지없습니다. 획일화되지 않은 다양한 노래를 듣는 것 또한 흥미진진하죠. 세 번째 시즌은 특히 사랑해 마지않는 임재범 님께서 심사위원으로 나오신다는 소식에 시작 전부터 두근대는 심장을 부여잡고 행복했습니다. 임재범 님이 이전에 출연한 다른 음악 프로그램도 다 챙겨 봤는데요. 이분께서 보여주시는 진솔하고 깊은 공감과 사랑은 정말 따뜻합니다. 돌아가신 제 아버지와도 나이 차이가 그리 크게 나지는 않아서 그런지 그분의 따뜻함에 더 끌리는 것 같습니다.

아버지가 돌아가시고 일 년쯤 지났을까요. 우연히 임재범 님의 「살아야지」라는 노래를 듣게 됐습니다. 눈물이 왈칵 터지더군요. 거칠고 서럽고 고독한 운율 위로 가사 하나하나를 꾹꾹 가슴속에 눌러 담으며 부르는 듯한 음성에 참 많이도 울었습니다. 처음 들을 때는 임재범 님 또한 사랑하는 가족과 이별했음을 기사를 통해 알고 있어서 감정이입이 됐지만, 들으면 들을수록 내 아버지도 이런 심정으로 사셨을까, 내 어머니도 이런 마음을 끌어안고 지금까지 살아오고 계실까, 나는 왜 살아야 하나 등의 마음이 격류와 같이 넘쳐흘러 온몸을 채우니 결국 눈으로 흘러나오는 것 같았습니다. 소리 내서 우는 법을 애써 잊은지라 그저 울림 없는 공기만을 계속 뱉으며 눈물을 닦아냈었죠.

「싱어게인」 세 번째 편의 어느 회차에서 참가자 한 분이 임재범 님의 「살아야지」를 부르셨습니다. 정확한 나이는 검색해도 안 나오지만 어느 정도 나이가 있으신 것으로 보입니다. 인생의 복잡다난한 질곡을 충분히 거쳐 오셨으리라 생각될 만큼이요. 이 노래를 부른다는 말에 긴장과 기대를 가득 채우고 지켜봤습니다. 임재범 님과는 다른, 산다는 것의 달고 쓴맛을 제대로 보신 여성분의 이야기는 또 다른 울림을 줬습니다. 1절이 끝나기도 전에 눈물이 맺히기 시작했습니다.

노래가 끝나고 여운에 빠지려는 찰나, 같이 보던 어머니의 울음소리가 귓가에 파장을 일으켰습니다. 아버지가 돌아가신 이후로 어머니의 울음소리는 많이 들어봤지만 또 다른 감정이 담긴 소리였습니다. 제대로 토해내지 못하는, 아마도 긴 결혼생활 동안 가슴속에서 삭히고 삭혀 썩어 문드러질 정도로 오래 쌓였던, 맞아요 한이었을 겁니다. 차마 이해하려고 시도조차 할 수 없는 깊고 깊은 한이 섞인 꺽꺽거림에 아무 생각도 아무 말도 할 수가 없었습니다. 어머니의 그 한을 어떻게 알 수 있을까요.

십여 년 전 「살아야지」를 들으며 소리 없는 오열을 토해냈던 저는 그 이후에도 불현듯 가슴이 답답해지는 밤이면 같은 노래를 들으며 울곤 했습니다. 떨쳐내기 힘든 그 감정을 눈물로 씻어내고 싶었습니다. 앞으로도 족히 십 년은 더 다시 흘려야 덤덤하게 노래를 들을 수 있을까. 혹은 죽는 그 날까지 이 노래를 들을 때마다 아버지를 떠올리며, 어머니를 떠올리며 눈물을 흘리게 될지 알 수 없습니다.

아버지와 이별한 직후 한동안 어머니는 제가 사드린 작은 스피커로 강허달림 님의 「기다림, 설레임」을 몇 시간이고 들으며 눈물을 흘려내셨습니다. 이후로 어머니의 슬픔과 한을 씻어 내준 노래를 한 곡 더 알게 된 것 같습니다. 당신이 가진 슬픔을 더 찌르는 것 같아 차마 노래를 추천해 드리지 못했는데 진작에 알려드렸어야 했네요. 가득 쌓인 것은 때로 비워야 하는데 말이죠.

찬 겨울의 추운 시상식

이성의 힘을 꽤 신봉하는 사람이다
이성이 맞다고 하면 맞다고 믿는다
이성이 한걸음 물러나야 할 때가 있다
그것에 전적으로 동의한다

십수 년째 영어강사를 업으로 살고 있습니다. 본업과 부업의 경계에 대해 힘든 고민을 하고 있지만 현재까지는 영어강사입니다. 동시에 영어 학습자이기도 합니다. 스스로의 실력이 뒷받침되지 않으면 가르치는 일도 하기 힘든 법이죠. 어떻게든 끈을 놓지 않고 얇더라도 길게 이어가고 있습니다. 매일 잠깐의 시간이라도 책상에 앉아 인터넷에 접속합니다.

언어를 학습하다 보니 많은 자료 중에서도 영상 자료를 주로 찾아봅니다. 소리가 있고 눈으로도 볼 수 있으니 일석이조라고 할까요. 영화나 드라마보다는 인터

뷰, 강연, 토크쇼, 스탠드 업 코미디 그리고 영화제의 수상소감 영상을 주로 봅니다. 살아있는 사람이 자신의 생각과 감정과 느낌을 그 자리에서 표현하는, 말 그대로 살아있는 영어를 접할 수 있기 때문입니다. 각각의 영상의 서로 구분되는 개별 장점 또한 뚜렷합니다.

그중 수상소감 영상을 꼽아보자면, 길지 않은 수상소감 영상은 길이에 반비례하는 큰 장점을 가지고 있습니다. 수상소감에는 일반적으로 일정 수준의 격식이 담겨 있는 언어가 포함되는 동시에 긴장되고 벅찬 감정 때문인지 그 사람이 평상시에 자주 쓰는 말 또한 사용됩니다. 더해서 누군가에게 감사와 경의를 전하는 표현과 과거를 회상하고 현재의 소신과 믿음을 전달하는 말도 들어있죠.

여기까지는 주로 미국과 영국의 영화제에 관한 이야기였습니다. 그들의 수상소감 영상을 자주 보다 보니 한국 영화제에서 수상하는 분들의 수상소감에도 관심을 가지게 됩니다. 어릴 때는 사실 축하 공연 보려고 영화제를 보곤 했습니다만 지금은 영화제 본연의 역할에 신경 써서 봅니다. 일 년 동안 어떤 영화가 주목을 받았고 어떤 배우의 연기가 사랑을 받았는지 최종적으로 누가 상을 타고 어떤 소감을 발표하는지까지 보고 나면 일 년이 정리되는 느낌을 받기도 합니다.

한국 영화제에서 접하게 되는 수강 소감은 미국과 영국과는 사뭇 다르게 느껴집니다. 겸손과 감사가 주를 이룬다고 봅니다. 보기 좋은 장면이긴 합니다만 한편으론 아쉽기도 합니다. 영화를 사랑하는 한 사람으로서 듣고 싶은 것은 조금 다르기 때문이죠. 수상하게 된 작품에 어떤 마음으로 임했는지, 촬영하면서 느낀 점은 무엇인지, 앞으로는 어떤 역할을 맡고 싶은지 혹은 영화인으로서의 생각과 포부는 어떻게 되는지 등 영화인 본연으로서 할 수 있는 이야기를 듣고 싶은 마음이 큽니다. 그래서 영화배우 최민식 님께서 영화 「명량」으로 남우주연상을 수상했을 때 했던 수상소감이 여전히 기억에 남습니다. 영화제의 수상소감으로 영화와 관련 없는 이야기는 듣고 싶지 않은 마음이 크기 때문입니다.

2023년 연말 연예계를 뒤흔든 안타까운 소식은 또 다시 마음을 착잡하게 만듭니다. 사람들의 소망과는 다르게 그다지 따뜻하지 않은 연말을 더욱 춥게 만드는 소식입니다. 영화제는 아니었지만 TV 드라마 시상식 수상소감에서도 여러 번 추모가 있었습니다. 누군가는 같이 추모하며 눈물을 흘렸고 반대로 누군가는 수상소감으로는 적절하지 않다고 반박했습니다. TV 드라마는 보지 않기 때문에 시상식도 보지 않았고 추모의 수상 소감은 그저 기사 위에 놓인 활자로 접했습니다.

온라인상에서 갑론을박은 편을 나눠 더욱 크게 나타났습니다. 잘못된 정보로 본질을 호도하는 경우도 목격했습니다. 추모의 자격을 논하는 비난의 글도 눈에 들어왔습니다. 영화에 빗대어 봤을 때 드라마와 관련 없는 이야기는 마찬가지로 시상식에서 듣고 싶지 않은 마음이 그 모습을 바꾸진 않았습니다만 대신 작은 유리창 하나가 생겨났습니다.

유리창 너머로 검은색 옷을 입은 사람들이 보입니다. 그들에게 조금 더 다가가고 싶어 유리창으로 얼굴을 바짝 가져가니 이윽고 그 위에 김이 서립니다. 잠시 망설이다가 집게손가락 뻗어 몇 글자 적어두었습니다. 부디 편히 쉬시기를.

저 멀리 있어줘

꿈의 정의는 무엇일까
꿈은 무엇일까
꿈은 꼭 이뤄져야만 하는 것일까

그런 시절이 있었습니다. 서울 연희골 파란 독수리와 안암골 빨간 호랑이가 맞붙는 매년 겨울은 어린 꼬맹이의 마음속에 작은 불씨 하나를 틔워내기에 충분히 격렬했고 뜨거웠습니다. 이유와 근거를 논리에 입각해 되묻는다면 그다지 할 말도 없고 할 수 있는 말조차 터무니없는 미숙함과 순진함의 결과에 불과하지만.

교복 생활과 함께 시작된 꿈을 묻는 질문에, 하늘을 나는 독수리가 조금 더 멋있어 보였던 아이는 그저 스무 살이 되면 연희골의 일원이 되고 싶다 말하고 다녔을 뿐입니다. 파란색이 빨간색보다 조금 더 끌렸던

취향의 문제도 또한 포함해야 하겠습니다. 그로부터 이십 년은 족히 지난 현재, 연희골에도 안암골에도 적을 두지 못했던 지금의 나에게 묻습니다. 꿈을 이뤘다면 걸어왔을 상상 속 삶의 흔적이 여태까지 지나쳐온 궤적보다 더 나았을 것이라는 생각을 하는지. 꿈을 이루지 못했다고 느낀다면 과연 습관처럼 되뇌는 좌절이란 상처의 무게는 얼마큼 지고 걸어왔는지.

꿈을 꿉니다. 깊게 잠들지 않는 주기가 돌아올 때마다 눈앞에 꿈이 펼쳐집니다. 허황되고 엉뚱한 세상에서 숨을 쉬는가 하면 영원히 잠들고 싶을 만큼 달콤하고 환희를 불러오는 꿈을 맞이하기도 합니다. 지나간 누군가를 그리워하면 꿈에서라도 꼭 만난다고 하는데 내게는 전혀 해당하지 않는 이야기입니다. 기억 속에 여전히 진하게 각인되어 있어 꿈으로 넘어갈 수 없나 싶기도 합니다.

확실한 것은, 현실에서 계속해 바라는 것과 원하는 이와 갈구하는 상황이 꽤 자주 꿈에서 구현되고 있음을 침대에서 눈을 뜨는 순간부터 느낍니다. 그것은 때로 신비한 마법으로 작용해 하루를 살아가는 활력을 내려주지만 때로는 늦은 밤의 마지막 순간까지 시퍼런 바다가 되어 숨을 막히게 합니다. 꿈과 허상과 현실과 이상과 능력이 한데 모여 순행과 역행을 반복하는 과정 속 자아를 일그러트리는 중력은 검은 우주와 비슷하게 아득하고 무섭습니다.

본업과 연계해서 여가생활을 채우고 싶은 마음에 칠 년 정도 영어 회화 모임을 꾸려가고 있습니다. 직접 질문을 준비해 갈 때가 있어서 다양한 질문을 평상시에 모아두려고 합니다. 개중 가끔 다시 이용하는 질문이 몇 개 있고 그중 모임원이 살고 싶은 꿈의 집 혹은 이상적인 집의 위치와 종류와 외부의 모습과 내부 인테리어를 묻는 질문이 있습니다. 검사자에게 집을 그리게 한 후 해석하는 심리검사에서 일부 차용한 질문이 맞습니다. 다만 삼십 대에 접어든 후 최근까지도 내 머릿속 한구석에 자리 잡은 하나의 집이 있기 때문에 다른 사람의 이야기도 들어 보고 싶은 것이고 특히 이유와 배경을 들어보고 싶은 마음이 큽니다. 내가 가져야 할 이유를 아직 찾지 못했기 때문입니다.

넓은 평원. 설원이라고 해야겠습니다. 눈이 시리게도 계속 내려 오로지 흰색 일색인 넓은 설원. 뒤로는 이파리가 전부 떨어져 헐벗은 나무가 잔뜩 모여 옹송그리고 있고 앞으로는 얼어붙은 강이 서쪽으로 향하는 넓은 평원 위 나무숲이 시작되는 입구에 자리 잡은 통나무 오두막집. 내가 그리는 꿈의 집의 모든 것. 이 그림을 계속 간직하고 있는 이유는 여전히 알지 못합니다.

지나간 모든 연인과의 첫 만남에서 피어난 형형색색 아름다운 꿈의 모습은 더 이상 기억하지 못합니다. 그저 꿈을 꿨음을 기억하고 있을 뿐입니다. 때로는 길었고 때로는 깊었고 때로는 아픔으로 얼룩진 꿈이었지만, 꿈이 끝나버린 순간부터 낙인찍힌 상실과 좌절의 짐은 버겁기 그지없지만, 항상 새로운 꿈을 찾아 떠납니다. 주저앉았다가도 끙끙거리며 일어나 어떻게든 한 걸음을 떼려고 합니다. 한 걸음 뒤 두 걸음은 다시 세 걸음을 불러올 바람이 될 수 있음을 너무도 잘 알고 있기 때문입니다.

처음의 질문을 스스로에게 다시 던져봅니다. 끝나버렸기 때문에 꿈을 꿨던 그 모든 순간을 후회하는가. 꿈을 이룬다면 진정 행복을 떠올리겠는가. 꿈을 꿀 수 있다는 사실 때문에 행복하고 아름다움을 느끼니, 따라서 내가 꾸는 모든 꿈은 차라리 이루어지지 않기를 바란다고 답하려고 합니다.

막상 하면 하잖아

변기와 욕조는 말한다
고민할 순간에 스스로를 믿고
먼저 발부터 내디뎌야 한다고

방 청소를 하기 위해 청소기를 손에 듭니다. 솔직한 마음을 드러내자면 눈에 안 보이는 구석까지 청소기를 돌리는 것이 귀찮기는 합니다. 그래도 이왕 하는 거 제대로 하자는 생각에 항상 한자리에서 옅은 소음을 품고 있는 의자를 치우면 울퉁불퉁 울어버린 바닥 장판이 눈에 들어옵니다. 저 물결 모양대로 제가 의자를 움직였다는 증거가 되겠죠. 베란다를 터서 방을 넓힌 쪽에 책상과 의자가 있고 따라서 이쪽 영역에 장판을 까는 시공이 애초부터 꼼꼼하지 않았다고, 슬쩍 사장되어버린 이론을 가끔 들이밀기도 합니다. 말인즉슨, 장판을 새로 하는 등의 후속 조치를 취하지 않았다는 것입니다. 여전히 울퉁불퉁하지만 의자에 가려 안 보이니 크게 신경 쓸 일도 없습니다.

어느 날부턴가 화장실에서 물방울 떨어지는 소리가 시작됐습니다. 처음에는 샤워 후 샤워기 헤드 안에 남은 물이 새어 나오는 것으로 착각했습니다. 물방울 소리가 일정 시간 후 안 들렸으니까요. 안 들린 게 아니라 못 들은 것에 가까웠을 거라 생각이 듭니다. 방에 있는 내내 물방울 소리에만 귀를 기울이고 있진 않으니 말이죠. 샤워 후 남은 물기가 다 말랐음에도 변기 주변은 여전히 젖어 있는 것을 발견할 때까지 이 착각은 계속됐습니다.

범인은 변기였습니다. 변기 뒤쪽에서 물이 계속 새고 있는 것까지는 알아냈으나 변기 바닥 주변의 백색 시멘트 마감의 문제인지 변기와 수도 연결관의 누수 문제인지 알 길이 없었습니다. 뒤쪽 공간이 너무 좁아 눈으로 확인할 도리가 없었습니다. 고민 끝에 새 변기를 설치하기로 했습니다. 돈은 좀 들었지만 새 변기로 교체하니 물이 어디서 새는지 고민할 필요도 없었고 덕분에 오래된 변기를 치우고 하얗게 반짝거리는 새 변기를 사용하게 되니 이래저래 나쁠 것 없다는 생각에서 나온 결정이었습니다.

딴에는 큰돈 써서 현명한 일 처리를 했다고 여기며 왠지 모를 뿌듯함과 새로움을 즐기며 지낼 때였습니다. 변기를 교체하고 일 년이나 지났을까요. 화장실 입구 바닥과 화장실 바로 옆에 있는 제 방 입구 바닥에 이상한 얼룩이 진 것이 눈에 포착됐습니다. 마치 곰팡이가 번지는 것처럼 조금씩 영역을 넓혀갔더랬습니다. 그저 집이 오래돼서 그러려니 하는 어리석은 생각은 결국 경험의 부족에서 비롯된 것이겠죠.

이번 사건의 범인은 욕조 주변의 실리콘 마감이었습니다. 한 번도 보수를 한 적이 없으니 실리콘이 낡아 떨어져 나갈만했고 결국 여기저기 생긴 틈 사이로 물이 새어나가 이 사태를 만들어 낸 것으로 추정합니다. 자세히 들여다보니 확실히 빈틈이 많더군요. 제대로 실리콘을 쏴 본 적이 처음이라 어찌어찌 빈틈을 막은 것 같습니다만 조만간 다시 해야 할 것 같습니다. 확실히 다시 해야 합니다.

이쯤 되니 새 변기를 설치했을 때와는 다른 감정이 들기 시작했습니다. 특히 샤워를 하다 종종 이 집을 전세로 내놓는다면 반응이 어떨까 하는 상상을 할 때 더욱 그렇습니다. 변기를 생각하면 집을 보러 온 장래의 세입자가 분명 만족스러운 반응을 보일 것이라 확신하지만 욕조의 엉성한 실리콘 마감과 얼룩진 장판에 표정이 구겨지지 않으면 다행이겠다 싶은 마음이 듭니다. 한편으로 변기가 새 변기인지 알아차리려나 싶은 재미있는 호기심도 눈을 뜹니다.

방바닥의 누수 흔적을 보며 인터넷 연결선을 끌어온다고 방문 하단에 드릴로 구멍을 뚫어놓은 것도 생각이 납니다. 이건 어쩌지 하는 마음은 난감함과 막막함으로 나를 내리누릅니다. 물론 실제로 세를 놓게 된다면 겪게 될 일이지만 상상 속에서 펄떡이는 감정의 등쌀은 이미 감당하기 벅찰 정도입니다.

현재 사는 집에 이사 온 때가 2004년 여름이니 햇수로 벌써 이십 년째가 됩니다. 방 장판, 변기, 그리고 욕조가 꽤 잘 참고 버텨줬다고 인정할 만한 시간이라고 느낍니다. 다만 하나씩 생겨나는 문제가 여기서 끝이라는 보장이 없으니 앞으로가 걱정이 되는 것은 사실입니다. 이 걱정은 최근 욕조에 또다시 문제가 생겼을 때 더욱 또렷하게 저를 괴롭히기 시작했습니다.

욕조 배수구에는 머리카락이 엉키기 마련입니다. 제때 제거하지 않으면 물이 잘 빠지지 않죠. 머리카락을 빼는 용도로 화장실에 둔 나무젓가락을 집어 든 이 날도 이전과 똑같았습니다. 아니, 달랐습니다. 나무젓가락을 뻗어 배수구 안쪽 망을 툭 건든 순간 무언가 깨지는 소리와 함께 배수구가 분리됐습니다. 실제로는 연결부위가 오래되어 부식된 이유로 부서진 것이었지만 겉으로 볼 땐 빠진 것처럼 보였죠.

태어나서 처음으로 욕조 구조에 대해 검색해 본 날도 이날이었습니다. 유튜브에는 없는 영상이 없더군요. 너무 많이 입에 담아 지겨울 정도이지만 또 한 번 중얼거렸습니다. 세상 참 좋아졌다고. 영상으로 학습한 결과 욕조 아래 공간에 배수관이 뻗어 나와 있고 그게 욕조의 배수구와 연결된 구조인데 배수관까지 교체하려면 욕조를 뜯어내야 한다고 합니다. 출장비에 시공비에 부품비용까지 정말 돈이 많이 나갈 작업이죠. 대신 부품을 사서 배수구만 교체하는 방법이 있었습니다. 역시나, 가성비 만세.

결론부터 말하자면 여러 시범 영상과는 다르게 배수관의 위치나 욕조 상태로 인해 배수구를 교체하는 데 대략 세 시간은 걸린 것 같습니다. 중간에 도구를 바꾸고 여러 방법을 시도하고 불분명한 대상에게 욕도 한 바가지 끼얹고, 지금도 흡연자였다면 아마 줄담배를 피워댔을 짜증과 귀찮음과 고통과 분노가 함께했던 시간이었습니다. 잘 해결해서 다행이지만 해도 해도 안 돼서 결국 시공하는 분을 불러 처리했다면 그때의 감정은, 상상하기조차 어렵네요.

불만족스러운 욕조의 실리콘 마감만 제외하면 이제 화장실에 큰 문제는 없습니다. 세면대와 욕조, 변기와 수납장까지 튼튼합니다. 화장실만큼은 물때나 기타 지저분한 얼룩이 눈에 보인다 싶으면 바로 청소를 합니다. 청소를 끝내고 샤워를 할 참이면 강박적으로 청소에 매달리는 것으로 유명한 몇몇 연예인의 얼굴이 눈앞에 스쳐 지나가기도 합니다. 이때만큼은 그들과 저는 한뜻으로 뭉친 동지와 다름없습니다.

충만한 동지애가 두 눈으로 모이는 이때, 평소에는 보이지 않던 것이 보입니다. 바로 세면대의 수전입니다. 특히 세면대 가운데 있는 물막이가 눈에 매우 거슬립니다. 낡기도 낡았지만 뭐가 문제인지 수전 뒤쪽의 막대기를 잡아 올려도 세면대를 완벽하게 막지 않아 물이 새어 나갑니다. 바꿀 때가 됐다는 말이겠죠.

이전과 마찬가지로 유튜브에 뛰어들어 한 시간 정도 떠돈 후 흡족한 결과물을 손에 쥐었습니다. 저 멀리 떨어진 섬에서 물질하시는 해녀의 마음이 이런 것일까요. 일단 물막이만 교체하는 것은 어렵고 수전 전체를 바꿔야 하는데 과정 자체는 어려워 보이지 않습니다. 오히려 마무리 과정의 실리콘 작업이 영 마음에 걸립니다. 하면 어떻게든 하겠지만 깔끔하게 마무리할 수 있을지 걱정입니다. 여러 번 하다 보면 깔끔하게 되겠지만 그때까지 제 마음을 어지럽힐 온갖 부정적인 감정이 걱정입니다. 막상 시도하면 기필코 해낼 것임을 익히 알지만 걱정입니다.

자기 자신에 대한 믿음은 어디서 오는 것인지 생각해 볼 때가 있습니다. 미래에 대한 걱정으로 자신에 대한 믿음이 흔들릴 때면 꼭 하게 되는 고민이자 고찰입니다. 끈질긴 고민의 끝에는 주로 두 가지 답이 놓여 있습니다. 한쪽에는 과거의 성공한 경험이 놓여 있고 다른 한쪽에는 의심 없이 스스로에게 조건 없는 믿음을 주는 마음가짐이 자리를 차지하고 있습니다.

한때라고 해야겠습니다. 낡아진 집 이곳저곳을 손보면서 최근 하나의 선택권이 더 추가됐기 때문입니다. 조건 없는 믿음의 마음가짐에 막상 하면 어떻게든 하게 됨을 마주했던 과거의 경험이 적절하게 버무려져 생긴 묘한 색의 과실이 눈에 들어옵니다. '걱정은 많이 해도 막상 하면 잘하잖아.'

떠나는 길

매일의 일정이 거의 고정되다시피 제자리를 차지하고 있어 방을 떠난 아침부터 털썩 의자 위로 쓰러지는 밤까지 늘 똑같은 시간에 변화 없는 세상을 목격하게 됩니다. 신기하다거나 흥미롭다는 감정은 전혀 느낄 구석이 없죠. 여기서 아무것도 하지 않는다면 말입니다.

시각 정보에 상당히 민감한 어딘가에 계실 독자님과 마찬가지로 저도, 멈춰있는 것 같은 세상에 뛰어들 때마다 눈을 크게 뜨려 합니다. 잘 보이지 않는다면 쓰고 있던 안경을 벗어 깨끗하게 닦아내 바로 고쳐 씁니다.

안경을 잠시 벗었을 때의 풍경을 기억한다면 시력이 교정되는 순간 제 색을 찾는 세상은 확실히 다르다는 것을 느끼게 됩니다.

따라서 '당연히'가 만들어내는 동사와 형용사와 다른 부사의 억울함과 슬픔을 무척이나 싫어합니다. '당연히'를 허용하는 순간 매일 새롭게 태어나던 세상은 그 자리에서 걸음을 멈추고 숨을 멈춘 채 구태의연함 속에 빠져버리기 때문이죠. 회색으로 얼어붙어 있는 그 속에 죽어버린 세상을 다시 끄집어 내는 것은 여간 어려운 것이 아닙니다.

전작인 『영원히 나는 하루살이』는 과거의 감정을 마주한 책입니다. 딱딱하게 굳어 마지막 숨을 겨우 뱉어내고 있는 색 바랜 사진들에 작별을 고하고 나서야 비로소 현재를 바라볼 준비가 됐다고 느꼈습니다.

제 숨결이 가장 많이 묻은 방 안에 함께 거주하는 작은 녀석들을 바라보았습니다. 제 손에 항상 들려있는 휴대전화와 항상 사용하는 애플리케이션에 적잖은 생각을 풀어냈습니다. 매일 오고 가는 길거리 위, 시간마다 계절마다 항상 똑같은 옷을 입은 나무와 꽃과 공기와 사람들 위에 서로 다른 색을 입혀보기도 했습니다.

양자물리학에서 말합니다. 상자를 열어 관측하기 전까지 상자 속 고양이의 상태는 살아있음과 죽어있음이 공존한다는 것이고, 다시 말해 대상은 관측해야만 비로소 실체가 존재하고, 관측하기 이전에는 알 수 없다는 것이라고 합니다.

전작이 출간된 후부터 약 일 년여 동안 제 주변을 가득 채운 무수히 많은 상자 속 고양이를 조금이라도 더 다양한 눈으로 관측하며 보냈습니다. 누군가에게는 의미 없는 시도일 수도 있고 누군가에게는 지적 유희를 가져다준 시도일 수도 있겠습니다. 아무쪼록 일상의 작은 부분에서 얻은 제 관측의 결과가 이 글을 읽는 독자 여러분의 마음에 적절한 울림을 가져다주었기를 기원합니다.

13mm의 거리

초판 1쇄 발행 • 2024년 7월 1일

지은이 / 강성욱
디자인 / 강성욱
편 집 / 강성욱

펴낸곳 / 글멋
출판등록번호 제 2023-000016호
이메일 / kswchun@naver.com

© 강성욱 2024
ISBN 979-11-983825-0-4 03810

이 책은 신저작권법에 따라 보호를 받는 저작물이므로 무단 전재와 무단 복제를 금합니다. 이 책 내용의 일부 또는 전부를 이용하려면 반드시 저작권자와 출판사의 동의를 받아야 합니다.

표지와 제목에 '상주경천섬체'를 사용했습니다.
본문에 '강원교육모두체'를 사용했습니다.

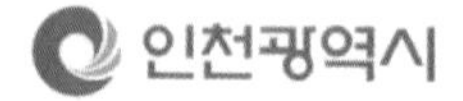

본 도서는 인천광역시와 (재)인천문화재단의 후원을 받아 '2024 예술창작생애지원'에 선정된 사업입니다.